퀴어

Queer

세계문학전집 468

퀴어

Queer

윌리엄 S. 버로스

조동섭 옮김

민음사

일러두기

1 이 책의 소설 본문은 1985년 Viking Penguin Books에서 출간된 *Queer*를 저본으로
  삼았고, 작품 해설에 실린 올리버 해리스의 글은 2010년 판본의 서문이다.
2 본문의 각주는 모두 옮긴이의 주이다.

차례

프롤로그

내가 멕시코시티에 살던 1940년대 말, 그곳은 인구 100만의 도시였다. 공기는 맑고 반짝였으며, 하늘은 맴도는 독수리와 피와 모래에 잘 어울리는 독특한 파란색, 위협적으로 무자비하고 거친 멕시코의 파란색이었다. 멕시코시티에 처음 발을 디딘 바로 그날부터 나는 그곳이 좋았다. 1949년에는 생활비가 쌌으며, 넓은 외국인 거리, 멋진 사창가와 레스토랑, 투계와 투우장, 생각할 수 있는 온갖 오락거리가 있었다. 남자 혼자라면 하루에 2달러로 잘 살 수 있었다. 나는 뉴올리언스에서 헤로인과 대마초 소지로 재판을 받게 되었고, 무죄 판결의 가망이 없어 보여서 재판에 출석하지 않기로 마음먹은 뒤, 멕시코시티의 조용한 중산층 거주지에서 아파트 한 채를 빌렸다.

그렇게 제한된 상황이다 보니 오 년 동안 미국에 돌아갈 수 없다는 것도 잘 알고 있었다. 그래서 멕시코 시민권을 신청하고 멕시코시티 대학교에서 마야와 멕시코 고고학 강의를 들었다. 아버지가 책값과 수업료, 매달 생활비 75달러를 댔다. 나는 농사를 짓거나 미국 국경 지대에 술집을 열어야겠다고 생각했다.

나는 멕시코시티에 매료됐다. 슬럼 지역의 순수한 타락과 가난은 아시아 그 어디와 비교해도 마음에 들었다. 사람들은 거리 곳곳에 똥을 누었고, 그 위에 누워서 잠을 잤으며, 파리들이 사람들 입으로 들락거렸다. 대개가 버림받은 사람인 자선 사업가들이 길모퉁이에 불을 피운 채, 더럽고 냄새가 고약한 정체 모를 음식을 요리해서 지나가는 사람들에게 나누어 주었다. 큰길 옆 보도에서 취객이 자고 있어도 경찰은 상관하지 않았다. 내 눈에는 멕시코 사람 모두가 남의 일에 상관하지 않는 기술을 터득한 듯 보였다. 단안경을 끼거나 지팡이를 짚고 싶은 사람은 주저없이 그렇게 했으며, 그런 사람에게 누구도 두 번 눈길을 주지 않았다. 소년들과 청년들이 서로 팔짱을 끼고 길을 걸어가도 아무도 관심을 갖지 않았다. 사람들이 다른 사람의 생각에 신경을 쓰지 않기 때문은 아니었다. 멕시코인은 모르는 사람으로부터 비판을 받으리라는 생각도, 다른 사람의 행동을 비판할 생각도 아예 하지 않기 때문이다.

멕시코 문화는 기본적으로 동양적이었다. 2000년 동안 이어진 질병과 가난과 타락과 어리석음과 굴종과 잔인성과 심리적 신체적 폭력이 반영된 문화였다. 불운하고 비관적이고 혼란스러웠으며, 특별히 혼란스러운 꿈을 지녔다. 멕시코인은 누구나 다른 멕시코인을 진정으로 알지 못하며, 멕시코인이 누구를 죽일 때(자주 일어나는 일이다)는 가장 친한 친구인 경우가 많다. 총을 지니고 싶은 사람은 누구라도 가지고 다닌다. 나는 술에 취한 경관이 술집 손님들에게 총질하다가 무장한 민간인의 총에 맞았다는 기사를 여러 번 보았다. 멕시코 경찰은 권위 면에서 전차 안내원과 동급이었다.

관리는 모두 부패했고, 세금은 아주 쌌으며, 의사들이 광고를 하고 진료비를 내렸기 때문에 의료 서비스는 꽤 받을 만했다. 임질에 걸려도 2달러 40센트에 치료를 받거나 페니실린을 사서 직접 주사할 수 있었다. 자가 치료를 막는 규제가 전혀 없고, 주사기와 바늘을 어디서나 살 수 있었다. 알레만[1] 정권 때, '모르디다'[2]가 왕이던 때, 뇌물의 피라미드가 순찰 중인 경관부터 대통령까지 이어지던 때였다. 멕시코시티는 또한 세계적인 살인 도시로, 살인 범죄 비율이 가장 높았다. 날마다 신문에는 다음과 같은 기사가 실렸다.

시골에서 온 캄페시노[3]가 버스를 기다리고 있었다. 마 바지, 타이어로 만든 샌들, 챙 넓은 솜브레로 차림에 벨트에는 날이 넓은 칼을 차고 있었다. 또 한 남자가 버스를 기다리고 있었다. 정장을 입고 손목시계를 보면서 화난 채 투덜대고 있

---

1) 1946년부터 1952년까지 멕시코 대통령을 역임한 미겔 알레만 발데스 (Miguel Alemán Valdés, 1900~1983)를 가리킨다.
2) mordida. '뇌물'이라는 뜻의 스페인어이다.
3) campesino. '시골 사람'이라는 뜻의 스페인어이다.

었다. 캄페시노는 칼을 휘둘러서 남자의 목을 한칼에 벴다. 나중에 경찰에서 진술했다. "그 남자가 무이 페오[4]하게 나를 보고 있었고, 결국 참을 수 없었다." 남자는 버스가 늦게 와서 화난 게 틀림없었지만, 캄페시노는 그의 행동을 오해했고, 그 결과 남자의 머리는 끔찍한 표정으로 금니를 드러낸 채 잘려서 바닥에 구르게 됐다.

캄페시노 둘이 길옆에 처량하게 앉아 있었다. 아침 먹을 돈도 없었다. 그때 한 소년이 염소 예닐곱 마리를 몰면서 지나갔다. 한 캄페시노가 바윗돌을 들어서 소년의 머리를 짓이겼다. 두 캄페시노는 염소들을 가까운 마을에 가져다가 팔았다. 경찰에 체포되었을 때는 아침을 먹는 중이었다.

한 남자가 작은 집에서 살고 있었다. 이방인이 남자에게 아야후아스카로 가는 길을 물었다. "아, 세뇨르, 이쪽입니다." 남자는 앞장서서 이리저리 다녔다. "바로 여기가 큰길이죠." 그러다가 갑자기 자신이 큰길이 어디인지 모른다는 사실을 깨달았고, 왜 이런 일에 신경을 써야 하느냐고 생각하게 됐다. 그래서 바윗돌을 들고 귀찮은 이방인을 죽였다.

캄페시노들은 바윗돌과 큰 칼로 통행료를 받았다. 45구경 권총을 가진 정치인들과 근무가 끝난 경관들은 더 살인적이었다. 사람들은 총격을 피해 바닥에 엎드렸다. 실제 사건 하나 더. 총을 늘 휴대하던 폴리티코[5]는 제 여자가 바람이 나고 칵

---

4) muy feo. '무척 기분 나쁘게'라는 뜻의 스페인어이다.
5) político. '정치인'이라는 뜻의 스페인어이다.

테일 라운지에서 남자를 만난다는 이야기를 들었다. 어느 미국 청년이 어쩌다가 그 칵테일 라운지에 들어와서 그 여자 옆에 앉게 되었다. 그때 그 마초가 들이닥쳤다. "칭고나!"[6] 폴리티코는 45구경 권총을 끄집어내서 바 스툴에 앉아 있는 청년을 그 자리에서 쏘았다. 사람들은 시체를 밖으로 질질 끌어내서 아랫길에 버려두었다. 경관들이 도착했을 때, 바텐더는 어깨를 으쓱하고 피범벅인 바를 걸레질하며 이렇게 말할 뿐이었다. "말로스, 에소스 무차초스!"[7]

미국에는 검둥이 음부를 세고 있는 남부의 경찰이 있듯, 나라마다 그곳만의 똥싸개가 있다. 남을 업신여기는 멕시코 마초는 절대적인 추악함에서 확실히 멕시코 특유의 똥싸개로 여길 만하다. 그리고 이제 멕시코 중산층 대다수는 세상 어느 부르주아 못지않게 끔찍해지고 있다. 내가 지금도 기억하는바, 멕시코의 마약 처방전은 1000달러짜리 지폐인 양, 혹은 군대의 불명예 제대 통지서인 양, 밝은 노란색이었다. 나는 올드 데이브와 함께 처방전으로 약을 타려 한 적이 있다. 올드 데이브가 멕시코 정부에서 꽤 합법적으로 얻은 처방전이었다. 처음 찾아간 약사는 처방전을 보자 으르렁거리면서 내뱉었다. "노 프레스타모스 세르비시오 아 로스 비시오소스!"[8]

---

6) Chingona. 여성을 대상으로 한 멕시코 욕설이다.
7) Malos, esos muchachos! '이 나쁜 녀석들!'이라는 뜻이다.
8) No prestamos servicio a los viciosos! '마약 중독자들한테는 약을 안 팔아!'라는 뜻이다.

우리는 이 파르마시아[9]에서 저 파르마시아로 발길을 돌렸고, 한 걸음 옮길 때마다 몸은 점점 더 아팠다. "노, 세뇨르⋯⋯." 몇 킬로미터는 족히 걸었을 것이다.

"와 본 적도 없는 동네네."

"뭐, 한 번만 더 시도해 보자."

우리는 마침내 작고 비좁은 파르마시아에 들어갔다. 내가 레세타[10]를 내밀자, 머리가 하얗게 센 여자가 미소를 지었다. 약사는 처방전을 들여다보고 말했다. "잠시만요, 세뇨르."

우리는 앉아서 기다렸다. 창틀에는 제라늄 화분들이 있었다. 조그마한 소년이 나에게 물을 가져다주었고, 고양이 한 마리가 내 다리에 몸을 비볐다. 잠시 후, 약사는 모르핀을 가지고 돌아왔다.

"그라시아스, 세뇨르."[11]

이제 밖으로 나오자 동네가 매혹적으로 보였다. 시장에 있는 작은 파르마시아들, 밖에 놓인 나무 상자들과 노점들, 모퉁이의 풀케리아.[12] 메뚜기튀김과 파리가 까맣게 앉은 박하사탕을 파는 매점. 얼룩 없는 흰 리넨 옷을 입고 노끈으로 만든 샌들을 신은 시골 출신 소년. 그 반드르르한 구릿빛 얼굴, 지독하게 순진한 검은 눈에 깃든 이국적인 동물처럼 눈부신 무

---

9) farmacía, '약국'이라는 뜻이다.
10) receta. 처방전을 가리킨다.
11) Gracias. señor. 남성에게 하는 감사 인사이다.
12) pulquería. 멕시코 술인 풀케를 팔아서 '술집'이라는 뜻을 지니게 된 멕시코어이다.

성(無性)의 아름다움. 귀 뒤에 치자꽃을 꽂은 소년도 있다. 날카로운 생김새, 검은 피부, 바닐라 향기. 그렇다. 대단한 인물을 발견하게 된다. 그러나 대단한 인물을 발견하려면 똥통 마을을 지나야 한다. 늘 그렇다. 지구에 오로지 똥싸개들만 가득하다는 생각이 드는 바로 그때, 대단한 인물을 만나게 된다.

* * *

어느 날, 아침 8시에 누가 내 방문을 두드렸다. 파자마 바람으로 문을 여니 이민국에서 나온 조사관이 있었다.

"옷 입어. 체포하겠어."

옆집 여자가 나의 술 취한 행동과 난잡한 행동에 대해 길게 신고서를 쓴 모양이었다. 내 서류에도 문제가 있었다. 게다가 나한테 있는 걸로 돼 있는 멕시코 아내는 어디에도 없었으니⋯⋯. 이민국 관리들은 나를 감옥에 가둔 뒤 추방할 작정이었다. 물론 돈을 조금 들이면 만사가 해결되었다. 그러나 내 조사관은 불법 체류자 추방 부서의 부서장이었고, 푼돈에는 눈 하나 깜짝 안 할 터였다. 결국 나는 200달러를 내놓고서야 풀려났다. 이민국에서 집으로 오는 사이, 내가 멕시코시티에서 정말 사업을 했다면 지출을 얼마나 많이 해야 했을지 상상해 보았다.

술집 십아호이를 차례로 운영한 미국인 사장 세 명이 겪어야 했을 수많은 문제들을 생각했다. 경관들이 늘 모르디다를 뜯으러 왔다. 다음에는 위생 검사관이 왔고, 그다음에는 또 경관들이 진짜 먹을 것을 얻어먹으려고 들어왔다. 경관들은 웨이터를 시내로 데려가서 흠씬 패며 사실대로 불라고 하기도 했다. 켈리의 시체를 어디에 숨겼나? 술집에서 강간당한 여자가 몇 명인가? 대마초를 누가 가져왔나? 등등. 켈리는 반년 전 십아호이에서 총을 맞은 미국 젊은이로, 이미 완쾌해서 미군에 복무 중이었다. 십아호이에서 강간당한 여자는 아무도 없었고, 대마초를 피운 사람도 없었다. 이쯤 되자 나는 멕시코에서 술집을 열겠다는 계획을 완전히 포기했다.

* * *

중독자는 스스로의 이미지를 그다지 높게 보지 않는다. 가장 더럽고 초라한 옷을 입고, 다른 사람의 눈길을 끌 필요를 전혀 느끼지 않는다. 탕헤르에서 중독자로 지내는 동안 나는 '엘 옴브레 인비지블(El Hombre Invisible)', 즉 '투명 인간'으로 알려져 있었다. 이런 자기 이미지 분열은 종종 이미지를 마구잡이로 열망하는 결과를 낳기도 한다. 빌리 홀리데이는 텔레비전 시청을 멈추었을 때 자신이 중독에서 벗어났음을 깨달았다고 말했다. 내 첫 소설 『정키』에서 주인공 리는 조화롭고 자족적인 인물, 자신이 누구인지 어디로 가는지 잘 알고 있는 인물로 등장한다. 『퀴어』에서 리는 분열되고, 절박하게 만남을 바라고, 자신과 자신의 목적에 전혀 확신이 없는 인물이다.
물론 그 차이는 단순하다. 중독 상태인 리는 숨겨지고 가려져 있으며 심한 한계에 갇혀 있기도 하다. 마약은 성욕을 감퇴

14

시킬뿐더러 복용량에 따라 감정적 반응을 소멸점까지 무디게 만들기도 한다. 『퀴어』의 줄거리를 돌아보면, 네온이 빛나는 칵테일 바들, 추악한 폭력, 언제라도 튀어나올 45구경 권총 등에서 흘러나온 위협과 악이 지옥 같은 광휘를 내뿜는데, 이는 심한 금단 증세로 환각에 시달리는 시기를 나타낸다. 나는 중독 상태일 때 고립되어 살았고 술도 마시지 않았고 외출도 많이 하지 않았다. 그저 주사를 맞고 다음 주사를 기다렸다.

덮개가 걷히면, 마약 때문에 억눌렸던 모든 것이 쏟아져 나온다. 마약을 끊은 중독자는 실제 나이와 상관없이 어린이나 청소년처럼 과도한 감정에 사로잡힌다. 성욕도 최대로 살아난다. 60대 남자도 야한 꿈을 꾸고 뜻하지 않은 오르가슴을 경험한다.(극히 달갑지 않은, 프랑스에서는 '아가상(agaçant)'이라고 표현하는, 불쾌한 경험이다.) 이런 점을 명심하지 않으면 리의 성격 변화가 불가해하거나 정신병적으로 보일 수 있다. 금단 증상은 제한적이어서 한 달 이상 지속되지 않는다는 점도 명심하기 바란다. 리는 과도한 음주 단계에 있는데, 과도한 음주는 금단 증상 중에서도 가장 나쁘고 가장 위험한 면, 즉 무모하고 꼴사납고 난폭하고 감상적인, 한마디로 형편없는 행동을 악화시킨다.

금단 증상이 사라지고 나면, 신체 기관은 중독 전의 수준으로 정리되고 안정된다. 『퀴어』에서는, 남아메리카로 여행을 가는 동안 마침내 이런 안정이 이루어진다. 파나마에서 먹은 진통제 이후로는, 마약은 물론 어떤 약도 전혀 쓸 수 없다. 리의 음주는 해 질 무렵 독한 술 몇 잔으로 줄어든다. 앨러턴이라는

유령 같은 존재를 제외하면 그 뒤에 나온 『야헤 편지들』의 리
와 크게 다르지 않다.

* * *

나는 『정키(Junky)』를 썼으며, 그 소설을 쓰게 된 동기는 비
교적 단순하다. 중독자로서의 내 경험을 가장 적확하고 간결
하게 글로 적는 것이었다. 나는 책 출간과 돈과 사람들의 인정
을 바랐다. 내가 『정키』를 쓰기 시작할 당시 케루악은 『더 타
운 앤드 더 시티(The Town and the City)』를 출간했다. 케루악
의 책이 출간됐을 때 나는 케루악에게 이제 돈과 명예가 보장
되었다고 편지를 썼다. 모두 알겠지만, 당시 나는 문학 산업에
대해서 아무것도 몰랐다.

『퀴어』를 쓰게 된 동기는 더 복잡하며, 나조차 그 동기를
지금도 명확히 알지 못한다. 이 지독히도 고통스럽고 우울하
고 괴로운 기억을 왜 이렇게 정성스레 연대순으로 적고 싶었
을까? 『정키』가 내가 직접 쓴 것이라면, 『퀴어』는 내가 그 안
에 적혀 있는 기분이다. 또한 계속 써 나가는 것, 솔직하게 기
록하는 것만으로도 고통스러웠다. 예방 접종으로서의 글쓰기
였다. 무엇을 글로 쓰는 즉시, 그 무엇은 사람을 놀라게 하는
힘을 잃는다. 바이러스를 약하게 만들어 우리 몸에 주입하면
항체가 생겨서 그 바이러스에 면역을 갖게 되는 것과 마찬가
지다. 나는 내 경험을 적음으로써 그 글들을 통해 이후의 위
험한 모험에 면역을 갖게 되었다.

『퀴어』 시작 부분의 단편적 이야기들에서, 리는 중독자의 고립된 세계에서 무능하고 미친 나사로 같은 삶의 땅으로 돌아갔고, 성적(性的) 대상을 손에 넣기로 마음먹은 듯 보인다. 적절한 섹스 상대를 찾는 리의 탐색은 기이하게 체계적이고 섹스와 무관해 보이는 면이 있다. 리는 실패할 대상만 모아서 목록을 만들고 그 안에서 이 후보 저 후보를 전전한다. 마음 아주 깊은 곳에서는 리 스스로도 성공을 바라지 않는다. 그러나 자신이 정말로 바라는 것이 성적 만남이 아니라는 깨달음을 피하기 위해서는 어떤 일도 서슴지 않는다.

그러나 앨러턴은 확실히 '일종의' 만남이었다. 그러면 리가 바라던 만남은 무엇이었을까? 지금 보자면, 앨러턴이라는 등장인물과 상관없는 아주 혼란스러운 개념이다. 중독자는 다른 사람에게 비치는 자기 인상에 무관심한 반면, 금단 기간 동안에는 강박적으로 관중을 필요로 하기도 한다. 리가 앨러턴에게서 찾은 것 역시 다름 아닌 관객이다. 자신의 연기를 인정해 줄 사람이다. 물론 그 연기는 충격적인 분열을 가리기 위한 가면이다. 그래서 리는 광분하며 주위의 시선을 모으는 행동을 꾸미고, 스스로 그것을 '장광설'이라고 부른다. 충격적이고 우습고 매혹적인 이야기. "이것은 늙은 수부 이야기. 늙은 수부는 셋 중 하나를……"[13]

연기는 장광설이라는 형식을 취한다. 체스 플레이어, 텍사

---

13) "It is an ancient Mariner/And he stoppeth one of three." 영국 시인 새뮤얼 테일러 콜리지의 시 「늙은 수부의 노래」의 한 구절이다.

스 석유업자, 콘 홀 구스의 중고 노예 창고 등에 관한 판타지. 『퀴어』에서 리는 이런 장광설을 실제 관중에게 말한다. 나중에 리가 작가로 발전하면서, 관중은 내재화된다. 그러나 에이제이와 의사 벤웨이[14]를 만든 것과 똑같은 메커니즘이, 똑같은 창의적 충동이 앨러턴에게 바쳐지고, 앨러턴은 뮤즈의 역할을 강제로 떠안은 채 그 안에서 당연히 불편을 느낀다.

리가 바라는 바는 만남 혹은 인정이다. 리는 실재하지 않는 안개에서 나타나 앨러턴의 의식에 지워지지 않는 기억을 남기는 광자(光子) 같은 것을 바란다. 적절한 관찰자를 발견하는 데 실패한 리는 관찰되지 못한 광자처럼 아프게 분열될까 봐 괴로워한다. 앨러턴이 관찰을 기꺼워하든 그러지 않든, 리가 지워지지 않는 기록을 만들 유일한 길은 글쓰기이기에 이미 그는 글쓰기에 푹 빠져 있지만, 리 스스로는 이 사실을 모르고 있다. 리는 소설의 세계에 꼼짝없이 붙잡혀 있다. 이미 삶과 작품 중에서 선택을 했다.

* * *

원고는 막다른 길의 도시, 푸요에서 서서히 사라져 간다……. 야혜를 찾는 일은 실패했다. 베일에 싸인 인물 닥터 코터는 탐탁지 않은 손님들을 없애려 할 뿐이다. 코터는 리와 앨러턴이 자신을 배반한 동업자 질의 앞잡이가 아닌지, 화살

---

14) 에이제이와 벤웨이는 『네이키드 런치』의 등장인물들이다.

촉 독에서 쿠라레를 추출하는 비법을 훔치러 온 것이 아닌지 의심한다. 이후에 나는 화학 회사들이 화살촉 독을 다량으로 사들인 뒤 미국 연구소에서 쿠라레를 추출하기로 했다는 소식을 들었다. 곧 약이 합성되었고, 이제 그 약은 여러 근육 이완제에서 볼 수 있는 일반적인 성분이 되었다. 그러니까 사실, 코터는 잃을 것이 아무것도 없는 셈이었다. 그의 노력은 이미 빼앗긴 터였다.

막다른 길. 푸요는 '막다른 길이라는 장소'의 모델로 쓰일 만하다. 끊임없이 퍼붓는 장대비 아래, 함석지붕 집들이 죽은 듯이 무의미하게 집결해 있는 곳. 겉은 이미 사라지고, 조립식 목조 구조와 녹슨 기계류만 남았다. 그리고 리는 노정의 끝, 처음부터 내재되어 있던 그 끝에 다다랐다. 연결될 수 없는 거리가 남긴 충격뿐, 리에게는 달리 아무것도 없다. 아무 의미 없는 길고 고통스러운 여행의 좌절과 피로, 잘못된 방향 전환, 잃어버린 길, 빗속에서 기다리는 버스……. 암바토, 키토, 파나마, 멕시코시티행.

* * *

『퀴어』에 함께 들어갈 이 글을 쓰기 시작하자, 엄청난 거부감에 몸이 마비되었다. 작가가 마주하게 되는 구속복 같은 장벽.『퀴어』의 원고를 훑자, 읽지 못하겠다는 생각만 든다. 나의 과거는, 운이 좋은 사람만 탈출할 수 있는 독이 든 강이었다. 기록된 사건들이 벌어진 뒤 이미 긴 세월이 지났어도 보자마

자 위협을 느끼게 되는 독이 든 강. 『퀴어』에 대해 쓰기는커
녕 읽기조차 힘들다는 사실을 뼈저리게 느낀다. 말 한마디 몸
짓 하나에 진저리가 난다." 억지로 들여다보려 하자 이 거부감
의 이유가 더 명확해진다. 이 책이 만들어진 동기는 내가 전혀
언급하지 않은, 사실은 애써 피한, 어떤 사건이다. 1951년 9월,
내가 아내 조앤을 총으로 쏘아 죽게 만든 사고다.

* * *

『막다른 길들의 장소』를 쓰는 동안 나는 고인이 된 영국 작
가 덴턴 웰치와 영적으로 만나는 느낌이었다. 소설의 주인공
킴 카슨은 덴턴 웰치를 모델로 한 인물이다. 테이블을 손가락
으로 톡톡 두드리는 소리를 받아쓰듯이 모든 부분이 내게로
왔다. 나는 덴턴이 사고를 당한 운명적인 아침에 관해 썼다.
그의 짧은 생애는 그 사고 이후로 병마에 시달렸다. 그가 어느
자리에 조금 더 머물렀다면, 그 자리에 조금 덜 머물렀다면,
자신이 탄 자전거 뒤를 아무런 이유 없이 들이받은 자동차와
만나는 운명을 피했을 것이다. 어느 순간, 덴턴은 마시던 커피
를 내려놓고 카페 창문 셔터에 있는 놋쇠 경첩들을 바라보았
다. 망가진 경첩들의 모습에 일순 그는 보편적 고독과 상실감
을 느꼈다. 그래서 그날 아침의 모든 사건에는 마치 밑줄이 그
어진 듯 특별한 의미가 부여된다. 이런 불길한 혜안이 웰치의
글에 스며 있다. 스콘, 차 한 잔, 몇 실링을 주고 산 잉크병 등
에 특별하면서도 종종 불운한 의미가 부여된다.

나는 『퀴어』의 원고를 읽으며 너무도 똑같은 감정을 느껴서 견딜 수 없는 지경이다. 리는 자신의 손에 아내가 죽은 사건이, 악령에 씌었다는 생각을 통해, 장갑처럼 자신의 손을 덮으려고 벼르고 있는 죽음의 손을 통해 자신을 꼼짝없이 몰아간다고 느낀다. 그래서 위협과 악의 스모그가 책장(冊張)에서 피어오른다. 리는 의식하면서도 의식하지 못한 채 미친 듯이 날아다니는 판타지로, 그 특유의 장광설로 악에서 탈출하려 한다. 그 이야기에 사람들은 진저리를 친다. 그 이야기 바로 뒤 혹은 옆에 도사린 추악한 위협, 안개 같은 악 때문이다.

　브리온 기싱이 파리에서 나에게 말했다. "사악한 기운이 조앤을 죽였어. 이유는……." 끝맺지 않은 심령술적 메시지……. 아니, 끝맺었던가? 끝맺어질 필요도 없다, 이렇게 읽는다면. "사악한 기운이 조앤을 죽였어. 이유가 되려고." 즉, 사악한 기운이 내 안에 계속 끔찍하게 기생할 이유가 되려고. 내가 생각하는 '악령에 씐다'는 개념은 현대 심리학의 설명보다 중세 모델에 가깝다. 현대 심리학에서는 악령이 나타나는 것 같은 현상은 안에서 비롯될 뿐, 절대로 절대로 절대로 바깥에서 비롯되지 않는다고 독단적으로 주장한다.(내부와 외부가 명확히 다르기라도 하다는 듯이 말이다.) 나는 악령이라는 확실한 실체를 말하는 것이다. 사실, 심리학적 개념은 악령이 창안했을 법하다. 악령이 어떤 사람을 지배했을 때, 숙주인 사람이 그 악령을 자신과 별개인 침략자로 인식하는 것만큼 위협적인 일은 없으니까. 이러한 연유로, 어떤 사람을 지배한 악령은 꼭 필요할 때만 자신을 드러낸다.

1939년, 나는 이집트 상형 문자에 관심을 품고 시카고 대학교 이집트학과를 찾아갔다. 그런데 내 귀에서 외침이 들렸다. '여기는 네가 있을 곳이 아니야!' 그렇다. 상형 문자는 악령에 씌는 과정의 열쇠가 되었다. 악령은 바이러스처럼 침입 경로가 있어야 한다.

그때 나는 내 존재 안에 내가 아닌 무엇이, 내가 조절할 수 없는 무엇이 있다는 징후를 처음으로 선명하게 느꼈다. 그 시기에 꾸었던 꿈 하나가 기억난다. 나는 1930년대 말, 시카고에서 해충 구제업자로 일하며 노스사이드 근처에 있는 하숙집에서 살고 있었다. 꿈속에서 나는 천장 가까이까지 붕 뜬 채 완벽한 종말과 절망을 느끼고 있다. 아래를 내려다보니 죽으려고 문밖으로 걸어나가는 내 몸이 보였다.

야헤를 갑자기 발견해서 궁지에서 벗어날 수도 있지 않았을까. 몇 년 뒤 파리에서 쓴 컷업[15]이 생각난다. "상처가 증오의 바람을 벗겼고, 불운이 한 방을 날렸다." 그 뒤로 몇 년 동안 나는 이 문장이, 중독자가 주사기나 스포이트로 마약을 맞을 때 어떤 방해 때문에 마약 한 방을 날린 일을 의미한다고 생각했다. 브리온 기싱이 진짜 의미를 지적했다. 그것은 조앤을 죽인 총알 한 방이었다.

---

15) cutup. 버로스의 글쓰기 방식으로, 산문의 행을 오려내서 그것들의 배열을 바꿔 소설을 구성하는 기법이다.

***

나는 키토[16]에서 단검을 샀다. 손잡이는 금속이고, 1세기 전의 고물상에서 나온 듯 기묘하게 뿌연 낡은 칼이었다. 겉이 벗겨진 은쟁반에 다른 낡은 칼과 반지 들과 함께 놓인 그 칼의 모습이 지금도 눈에 선하다. 멕시코시티에서 돌아온 지 며칠이 지난 날, 오후 3시쯤이었고, 나는 그 칼의 날을 갈기로 마음먹었다. 칼갈이가 휘파람을 불면서 늘 다니던 길을 지나고 있었다. 거리로 내려가서 칼갈이의 손수레로 가는 동안, 종일 나를 짓눌러서 숨조차 쉬지 못하게 하던 상실과 슬픔의 감정이 어찌나 격렬해지는지 나도 모르는 사이 얼굴에 눈물이 흘러내렸다.

'도대체 왜 이러지?' 나는 알 수 없었다.

이토록 무겁게 우울하고 어두운 감정은 글에서 되풀이되고 되풀이되어 나온다. 리는 대개 그 이유를 앨러턴과 맺으려던 관계가 실패한 탓으로 돌린다. "움직임도 생각도 무겁게 늘어졌다. 얼굴이 굳고, 목소리에 높낮이가 없어졌다." 앨러턴이 저녁 초대를 거절하고 갑자기 떠난 직후였다. "테이블을 노려보았다. 아주 추운 듯, 생각이 느려졌다." (이 문장을 읽는 지금도 나는 춥고 우울하다.)

에콰도르에 있는 코터의 오두막에서 꾼 예지몽도 있다. "리는 십아호이 앞에 서 있었다. 술집은 황폐해 보였다. 울음소리가 들

---

16) Quito. 에콰도르의 수도이다.

렸다. 자신의 어린 아들이 보였다. 무릎을 굽혀 양팔로 아이를 감싸안았다. 울음소리가 더 가까워졌다. 슬픔의 물결. ……리는 어린 윌리를 가슴에 꽉 안았다. 사람들이 죄수복 차림으로 거기 서 있었다. 리는 그 사람들이 거기서 뭘 하는지, 자신이 왜 우는지 알 수 없었다."

나는 조앤이 죽은 날을, 극도의 파멸과 상실의 감정을 기억하지 않으려고 스스로를 억눌러 왔고……. 그러다가 길을 걷는데 갑자기 나도 모르는 사이 얼굴에 눈물이 흘러내렸다. '도대체 왜 이러지?' 금속 손잡이가 달린 작은 단검, 벗겨진 도금, 오래된 동전 냄새, 칼갈이의 휘파람. 내가 아무런 의미도 두지 않던 이 칼에 대체 무슨 일이 생긴 거지?

나는 내가 작가가 된 것은 전적으로 조앤의 죽음 덕분이라는 소름 끼치는 결론에 이르지 않을 수 없다. 더 깊이 생각하면, 그 사건이 내 글쓰기에 동기가 되고 내 글쓰기를 발전시켜 왔음을 깨닫게 된다. 나는 악령의 끝없는 위협과 함께하고, 악령에서, 조종에서 벗어날 끝없는 필요와 함께하고 있다. 조앤의 죽음은 나를 침략자, '사악한 기운'과 만나도록 이끌었으며, 나를 평생토록 발버둥치게 했다. 그 안에서 내가 내 여정을 적어서 내보이는 것 말고 달리 선택할 수 있는 것은 없었다.

* * *

나는 죽음을 간신히 피해 왔다. 덴턴 웰치는 내 얼굴이나 다름없다. 오래된 동전 냄새. 소름 끼치는 '마르가라스사(社)'

로 돌아가서, 앨러턴이라고 불리던 이 칼에 무슨 일이 일어났을까?[17] 깨달음은 기본적으로 정해진 일인가? 조앤의 파멸과 상실의 날. 앨러턴 때문에 흐르는 눈물에 내 얼굴이 벗겨지자 총을 쏜 바로 그 서양인이 드러났다. 지금 무엇을 다시 쓰고 있나? 통제와 바이러스에 지배된 일평생. 숙주의 에너지와 피와 살과 뼈를 이용해 복제를 만드는 바이러스의 침투. 절대로, 절대로 외부에서 오지 않은 교조적 주장의 전형적인 예가 내 귀에 대고 소리치고 있었다. '여기는 네가 있을 곳이 아니야!'

무거운 저항에 완전히 마비된 구속복 같은 기록. 사건이 기록된 지 오랜 세월 후, 이미 적힌 글들에서 벗어나기. 조앤의 죽음을 피한 작가의 장벽. 덴턴 웰치는 부서진 테이블을 손가락으로 두드리는 소리에 밑줄 친 구름을 통해 퍼지는 킴 카슨의 목소리다.

1985년 2월

윌리엄 S. 버로스

---

17) 버로스는 '마르가라스'가 산스크리트어로 '추적자', '단서를 쫓는 사냥꾼'을 뜻한다고 『캣 인사이드』에도 적은 바 있으며, '마르가라스사로 돌아간다'는 말은 과거를 추적해 본다는 은유로 읽을 수 있다.

1장

리는 칼 스타인버그를 향해 시선을 돌렸다. 유대인 청년 칼 스타인버그를 가볍게 알고 지낸 지 일 년 가까이 됐다. 칼을 처음 보았을 때 생각했다. '마약 수사관에게 우리집 가보를 저 당 잡히지만 않았어도 저 아이를 돈으로 살 수 있을 텐데.'

금발, 주근깨가 조금 있는 갸름하고 날카로운 얼굴, 늘 방금 세수한 듯 발그레한 코와 귀 주위. 리는 칼만큼 깨끗해 보이는 사람을 본 적 없었다. 둥글고 작은 눈, 들뜬 금발 머리. 작은 새가 연상됐다. 칼은 뮌헨에서 태어났지만 볼티모어에서 쭉 자랐다. 그러나 행동거지와 외모를 보면 유럽인 같았다. 악수할 때는 경례를 하듯 구두 양 뒤꿈치를 붙였다. 리가 느끼기엔 전반적으로 유럽 젊은이가 미국 젊은이보다 이야기하기 편했다. 미국인 대다수는 불쾌하게 무례했다. 예의 자체에 아예 무지하여 생긴 무례, 사회적 목적에서 보자면 사람이란 모두 거기서 거기이며 누구라도 다른 사람으로 대신할 수 있다는 생각에서 나온 무례였다.

리는 어떤 관계에서도 친밀감을 원했다. 칼에게서는 친밀감을 느낄 수 있었다. 이 청년은 정중하게 리의 말에 귀를 기울이고 이해하는 듯했다. 칼은 리가 자신에게 성적 관심을 품고 있다는 사실에 처음에는 조금 주저하다가 결국 그 사실을 받아들였다. 칼이 리에게 말했다. "우리가 안 만날 수는 없으니까, 내가 다른 것들에 마음을 바꿀 수밖에 없어요."

그러나 리는 관계를 더 이상 진전시킬 수 없음을 곧 깨달았다. '상대는 미국 아이야. 이 정도까지 왔으면 끝까지 갈 수도 있잖아? 물론 칼은 퀴어가 아니긴 해. 하지만 협조적인 사람들도 있잖아. 그렇다면 장애물이 뭘까?' 리는 결국 답을 추측했다. '칼은 자기 어머니가 좋아하지 않을까 봐 더 이상 못 나가는 거야.' 리는 이제 정리할 때임을 알아차렸다. 오클라호마 시티에 살던 유대인 동성애자 친구가 떠올랐다. 리가 그 친구에게 물어본 적이 있었다. "왜 여기 살아? 원하는 곳 어디서도 살 만한 돈이 있잖아?" 대답은 이랬다. "내가 멀리 이사하면 우리 어머니는 죽어." 리는 할 말을 잃었다.

어느 오후, 리는 칼과 함께 암스테르담 애비뉴 공원 옆을 걷고 있었다. 갑자기 칼이 고개를 살짝 숙여 인사하고 리에게 악수를 청했다. "잘 지내요." 칼은 그렇게 말하고 전차로 달려갔다.

리는 그대로 선 채 눈으로 칼을 좇다가 공원 안으로 걸어가서 나무 모양으로 만든 콘크리트 벤치에 앉았다. 꽃이 만개한 나무에서 파란 꽃잎이 벤치로, 또 벤치 앞 보도로 떨어졌다. 리는 따뜻한 봄바람에 길 위에서 흔들대는 꽃잎들을 바라보며 그대로 앉아 있었다. 오후 하늘에는 소나기라도 퍼부을 듯 구름이 모여들었다. 리는 외로웠다. 좌절감을 느꼈다. '다른 사람을 찾아야 해.' 양손으로 얼굴을 감쌌다. 너무 지쳤다.

흐릿하게 줄지어 선 소년들이 보였다. 맨 앞에 선 소년이 "잘 지내요."라고 말한 뒤 전차로 달려갔고, 뒤의 소년이, 또 그 뒤의 소년이 똑같이 반복했다.

'미안합니다. ……잘못 거셨습니다. ……다시 거세요. ……다른 번호입니다. ……다른 데입니다. ……여기 아닙니다. ……제가 아닙니다. ……소용없어, 필요 없어, 싫어. 왜 나한테 지분거려요?' 마지막 얼굴은 너무 진짜 같고 너무 추해서 리는 소리 내어 말했다. "누가 너한테 말했어? 이 못생긴 개자식아!"

리는 눈을 뜨고 두리번거렸다. 멕시코 청소년 두 명이 어깨동무를 하고 걸어갔다. 리는 마르고 갈라진 입술을 혀로 적시며 두 사람을 눈으로 좇았다.

그 뒤로도 리는 칼을 계속 만났다. 마침내 칼은 마지막으로 "잘 지내요."라고 말한 뒤 사라졌다. 리는 칼이 가족과 함께 우루과이로 갔다는 이야기를 나중에 들었다.

* * *

리는 라스스켈러에서 윈스턴 무어와 함께 앉아 데킬라 더블을 마시고 있었다. 뻐꾸기시계와 이끼 낀 사슴 머리 박제로 인해 레스토랑에는 무시무시하고 엉뚱하게 티롤 같은 분위기가 감돌았다. 엎지른 맥주, 넘치는 화장실, 시큼한 쓰레기 냄새가 짙은 안개처럼 레스토랑 안을 떠돌다가 좁고 불편한 회전문을 통해 거리로 흘러나갔다. 하루의 반은 고장 난 텔레비전이 목쉰 소리 같은 끔찍한 소리를 끽끽거리며 이 불쾌한 분위기에 마지막 점을 찍었다.

"어젯밤에 여기 있었어." 리가 무어에게 말했다. "퀴어 의사와 그 애인이랑 이야기를 나눴어. 의사는 군의관 소령이야. 그 애인은 무슨 기술자라더라. 끔찍하게 생긴 유치한 놈이었어. 의사가 나에게 한잔하자고 청하니까 그 애인 놈이 질투를 하더라. 내가 맥주는 싫다고 하니까, 그 의사는 내 말에 멕시코나 자기한테 숨은 뜻이 담긴 줄 알았나 봐. '멕시코 좋아하세요?' 같은 뻔한 이야기를 시작하더라. 그래서 내가 그랬지. '멕시코 좋죠, 어떤 건 좋아요, 그렇지만 그쪽 개인을 놓고 이야기하자면, 좆같아요.' ……뭐, 꼭 그렇게 말한 건 아니고, 좋게 말했지만 그런 의미였단 말이야. 게다가 나는 무슨 일이 있어도 집사람이 있는 집에 가야 했거든. 그러자 의사가 이래. '부인은 없잖아요. 그쪽도 나처럼 퀴어잖아요.' 내가 말했지. '그쪽이 얼마나 퀴어인지 나는 모르죠. 알고 싶지도 않아요. 그쪽이 잘생긴 멕시코인이었으면 달랐겠죠. 그쪽은 빌어먹게 못생기고 늙은 멕시코인이고, 옆에 나방 먹은 애인은 그 두 배군요.' 물론 일을 극단적으로 몰아가고 싶지는 않았어. 해트필드 모르지? 당연히 모르겠지. 너보다 훨씬 전 시대 사람이니까. 해트필드는 풀케리아의 술병으로 카르가도르[18]를 죽였어. 그런 뒤에도 500달러를 주고 합의를 봤지. 자, 카르가도르를 기준으로 보자. 멕시코 군의관 소령을 죽이면 합의금이 얼마일까?"

무어는 웨이터를 부른 뒤 웨이터에게 미소를 지으며 말했다. "요 퀴에로 운 샌드위치. 쿠엘 샌드위치 티엔?"

"뭘 시키려는 건데?" 말이 끊겨서 화가 난 리가 물었다.

무어가 메뉴를 보면서 대답했다. "꼭 뭘 시키려는 건 아니고, 구운 통밀 빵에 치즈 멜트 샌드위치를 만들 수 있는지 궁금해서." 무어는 다시 웨이터를 보며 일부러 천진한 미소를 지어 보였다.

무어가 '통밀 빵 토스트에 치즈를 올린 뒤에 치즈가 녹을 때까지 굽는다'라는 뜻을 전달하려고 애쓰는 동안, 리는 눈을 감았다. 무어가 스페인어를 못해서 무능해 보이는 모습이 매력적이었다. 그는 '외국에 있는 어린 소년'을 연기하고 있었다. 무어는 내면의 거울을 향해 미소를 짓는다. 다정한 흔적이 없는 미소, 그러나 냉정하지는 않은 미소. 일모도궁(日暮途窮)의 무의미한 미소, 틀니가 보이는 미소, 자기애(自己愛)라는 고독한 유폐 속에서만 감동을 느끼며 늙어 가는 남자의 미소.

무어는 마른 체형의 젊은 남자로, 금발 머리를 늘 조금 길게 기르고 다녔다. 무척 흰 피부에 눈은 옅은 파랑이다. 눈 밑은 검고, 입 양쪽으로 깊은 주름이 패었다. 어린아이 같은 동

---

18) cargador. '운송업자'라는 뜻의 스페인어이다.

시에 겉늙어 보였다. 그 얼굴에는 죽음으로 향해 가는 황폐가, 만남의 대가로 살이 깎이며 잠식된 쇠퇴가 드러나 있었다. 무어는 증오를 통해 삶의 원동력을, 말 그대로 계속 살아 움직이는 힘을 얻었지만, 그 증오에는 열정이나 폭력이 없었다. 무어의 증오는 다른 사람의 약한 곳을 이용하려고 노리는, 느리고 꾸준한, 약하지만 가없이 끈덕진 인내였다. 서서히 흘러온 무어의 증오가 그 얼굴에 침식을 일으켜 주름을 새겼다. 찬장 선반에서 그냥 썩은 고깃덩어리처럼 삶의 경험 없이 늙고 말았다.

무어는 다른 사람의 말이 요점에 이르기도 전에 말을 가로채는 버릇이 있었다. 웨이터 혹은 가까이 있는 누구와 긴 대화를 시작하거나, 멍하고 얼빠진 상태로 다른 사람들은 짐작조차 할 수 없는 공상에 빠져 있다가 지루한 현실로 돌아온 듯 하품을 하며 "뭐라고 했어?"라고 말하곤 했다.

무어가 아내 이야기를 꺼냈다. "그 여자는 처음에 나한테 너무 의지해서 내가 박물관으로 일을 하러 가야 할 때면 히스테릭한 상태가 될 정도였어. 나는 그 여자가 나를 필요로 하지 않을 때까지 그 여자의 자아를 바로 세우려고 애썼지. 그런 다음에는 떠나는 일만 남더라. 그 여자를 위해서 할 수 있는 게 아무것도 없었어."

무어는 자신의 행동을 진실로 여기고 있었다. 리는 생각했다. '세상에, 정말 그렇게 믿고 있군.'

리가 데킬라 더블을 한 잔 더 주문했다. 무어는 일어섰다. "저기, 난 갈게. 할 일이 많아."

"그래? 잠깐만. 오늘 밤에 같이 저녁 먹지 않을래?"

무어가 대답했다. "뭐, 좋아."

"K. C. 스테이크하우스에서 6시."

"좋아." 무어가 떠났다.

리는 웨이터가 앞에 둔 데킬라를 반쯤 마셨다. 리는 예닐곱 해 전부터 뉴욕에서 무어를 드문드문 보아 왔지만 좋아한 적은 없었다. 무어는 리를 싫어했다. 한편 무어는 아무도 좋아하지 않았다. 리는 스스로에게 말했다. '그 녀석이 얼마나 잡스러운지 알면서도 그런 방향으로 몰고 가다니, 넌 미친놈이야. 그 녀석처럼 경계선에 있는 인물은 호모 중에서도 가장 잡스럽다고.'

* * *

리가 K. C. 스테이크하우스에 도착하니 무어는 이미 와 있었다. 무어는 자신처럼 솔트레이크시티에서 온 톰 윌리엄스와 함께 있었다. 리는 생각했다. '보호자를 데려왔군.'

"······톰, 그 친구가 좋긴 해. 하지만 그 친구와 단둘이 있는 건 못 견디겠어. 계속 나랑 자려고 해. 그래서 퀴어들이 싫어. 우정으로 관계를 유지할 줄 모르고······." 그렇다. 리의 귀에는 그런 대화가 들리는 듯했다.

저녁을 먹는 동안 무어와 톰은 시와타네호[19]에서 배를 만

---

19) Zihuatanejo. 멕시코 서쪽, 태평양에 면한 도시로, 해변 리조트 도시로 유명하다.

드는 계획을 이야기했다. 리는 어리석은 계획이라고 생각했다. "배 만들기는 전문가가 할 일 아니야?" 리가 물었다. 무어는 못 들은 척했다.

저녁을 먹은 뒤 세 사람은 무어의 하숙집으로 걸어갔다. 문에서 리가 물었다. "술 더 마시지 않을래? 내가 한 병 가져……." 리는 두 사람을 차례로 보았다.

무어가 말했다. "글쎄, 안 마실래. 알다시피 우리는 배 설계도 작업을 해야 해."

"아, 그래, 그럼. 내일 봐. 라스스켈러에서 한잔 어때? 5시쯤."

"글쎄, 내일은 바쁠 것 같아."

"알았어. 그렇지만 먹고 마시기는 해야 하잖아."

"저기, 있지, 지금은 뭣보다 배가 우선이야. 시간을 거기 다 쏟아야 할 것 같아."

리가 말했다. "좋으실 대로." 그리고 가 버렸다.

리는 깊이 상처 받았다. 무어의 목소리가 들리는 듯했다. '톰, 방패막이가 돼 줘서 고마워. 뭐, 리도 눈치챘으면 좋겠는데……. 아니, 리는 재미있는 사람이고 또……. 그렇지만 이런 퀴어 상황은 내가 받아들일 수 있는 선을 넘어섰어.' 문제의 양극단을 가능한 한 관대하고 호의적으로 살폈지만, 결국 요령껏 확실한 선을 긋지 않을 수 없었다. 리는 생각했다. '정말 그렇게 믿고 있군. 자기 아내의 자아를 바로 세웠다는 그 헛소리처럼. 추잡스러운 만족을 실컷 즐기면서도 동시에 스스로를 성자라고 여길 수 있는 거지. 꽤나 영리하군.'

사실 무어가 매정하게 거절한 건 그런 상황에서 가능한 최대의 상처를 주려는 계산된 행동이었다. 그래서 리는 너무 어리석고 너무 무신경해서 자신의 의도를 상대가 원하지 않는다는 사실을 깨닫지 못하고 무어로 하여금 도면을 그리는 재미없는 일을 억지로 하게 만든, 가증스럽게 집요한 퀴어의 자리에 서게 되었다.

리는 몇 분 동안 가로등에 기대서 있었다. 행복한 취기는 충격에 씻겨 내려갔다. 자신이 얼마나 지쳤는지, 얼마나 나약한지 잘 깨달았지만, 아직 집에 갈 생각은 들지 않았다.

2장

'이 나라에서 만들어진 건 모두 부서지는구먼.' 리는 생각했다. 스테인리스 스틸 주머니칼 칼날을 살피는 중이었다. 크롬 도금이 은박지처럼 벗겨져 있었다. '이제는 놀랄 일도 없어. 가령 알메다에서 남자아이를 골랐는데 그 아이가…… . 정직한 조가 오는군.'

조 기드리가 리의 테이블에 앉았다. 테이블과 빈 의자에 보따리들을 내려놓은 뒤 맥주병 주둥이를 소맷자락으로 닦고 입을 떼지 않은 채 단번에 반 병을 마셨다. 조는 아일랜드인답게 낯빛이 붉었고 덩치가 컸다. 표정은 정치인 같았다.

"뭐 새로운 일 있어?" 리가 물었다.

"별거 없어. 타자기를 도둑맞은 게 뉴스라면 뉴스일까. 누가 훔쳤는지도 알아. 브라질 놈이야. 브라질 출신이 맞는지는 모르지만. 자네도 아는 사람이야. 모리스라고."

"모리스? 지난주에 만났던 그 사람? 레슬링 선수?"

"그건 헬스 트레이너 루이지. 그 사람 말고. 루이는 그런 일이 아주 나쁘다고 생각하고 나한테 한마디 했어. 나는 지옥에서 불에 탈 거고 자기는 천국에 갈 거라나."

"정말?"

"그래, 정말. 그런데 모리스는 나만큼이나 퀴어야." 조가 트림을 했다. "미안. 뭐, 나한테는 못 미치지만. 어쨌거나 모리스는 그 사실을 받아들이려 하질 않아. 다른 목적이 있어서 나랑 잤을 뿐이라고 나한테나 자기 자신한테 증명하려고 타자기를 훔친 거지. 사실 나는 그놈이 너무 퀴어해서 흥미가 사라졌거든. 그래도 완전히 사라진 건 아냐. 만나면 혼쭐을 내는 게 맞지만, 오히려 그 귀여운 놈을 내 아파트로 끌어들일 것 같아."

리는 의자를 뒤로 기울여 의자 끝을 벽에 댄 채 안을 둘러보았다. 옆 테이블에서 편지를 쓰고 있는 사람의 귀에 리와 조의 대화가 들렸을지는 알 수 없었다. 술집 주인은 앞쪽 카운터에 신문을 펼치고 투우 기사를 읽고 있었다. 멕시코 특유의 고요가 실내에 퍼져 있었다. 소리 없이 떨리는 윙윙거림.

조는 맥주를 다 마시고 손등으로 입을 닦은 뒤 핏발 서고 물기 어린 파란 눈으로 벽을 노려보았다. 리의 몸에도 고요가 퍼지더니, 얼굴이 느슨하고 멍해졌다. 기묘하게 괴기한 효과가 났다. 리의 얼굴이 투명해져서 그 너머가 보일 것 같았다. 얼굴 전체는 황폐하고 타락하고 늙었지만, 맑은 녹색 눈은 순진하고 꿈을 꾸는 듯했다. 밝은 갈색 머리카락은 아주 가늘어서 빗질을 해도 고정되지 않았다. 이마 앞으로 흘러내려서 먹고 있는 음식을 쓸거나 술에 빠지곤 했다.

"자, 나는 가 볼게." 조가 말했다. 보따리를 그러모으고는 리에게 고개를 끄덕였다. 예의 그 정치인 같은 다정한 미소를 리에게 보내고 걸어 나갔다. 조가 시야에서 사라지기 전, 반쯤 벗어진 머리가 잠시 햇살에 그 윤곽만 드러냈다.

리는 하품을 하고 옆 테이블에서 신문 만화 면을 집어 들었다. 사흘 전 신문이었다. 리는 신문을 내려놓고 다시 하품을 했다. 일어서서 술값을 내고 늦은 오후 태양 아래로 걸어 나갔다. 갈 곳은 없었다. 그래서 시어즈 백화점의 잡지 코너로 가서 새 잡지를 읽었다.

K. C. 스테이크하우스를 지나갔다. 무어가 레스토랑 안에서 리를 향해 손짓했다. 리는 안으로 들어가서 무어의 테이블에 앉았다. "몰골이 형편없네." 리가 말했다. 리는 무어가 그 말을 듣고 싶어 하는 걸 알고 있었다. 실제로 무어는 평소보다 훨씬 형편없어 보였다. 늘 창백했지만 지금은 누렇게 떴다.

배 만들기 계획이 무너졌다. 무어와 톰 윌리엄스, 톰의 아내 릴은 지와타네호에서 돌아왔다. 무어는 톰 부부와 말도 안 하는 사이가 되었다.

리는 차를 주문했다. 무어는 릴 이야기를 시작했다. "있지, 릴이 거기서 치즈를 먹었어. 뭐든 먹었지만 아픈 적은 없었어. 병원에 간 적도 없었어. 하루는 아침에 일어나더니 한쪽 눈이 완전히 안 보이고 다른 눈도 거의 안 보인다는 거야. 그래도 병원에는 안 가겠대. 며칠 지나니 다시 예전처럼 눈이 보인대. 눈멀었으면 좋았을 텐데."

리는 무어의 말이 진심이란 걸 알았다. '제정신이 아니군.' 리가 생각했다.

무어는 릴 이야기를 계속했다. 릴은 당연히 무어에게 선불을 받았다. 무어는 자기 몫의 방세와 식대보다 더 많은 돈을 냈다. 릴은 음식 솜씨가 형편없었다. 무어가 앓고 있는데도 홀로 버려두었다. 무어는 자기 건강 이야기로 화제를 돌렸다. "소변 검사 결과를 보여 줄게." 무어가 어린아이처럼 신나서 말했다. 테이블 위에 서류를 펼쳤다. 리는 무심하게 그 서류를 보았다.

"여길 봐." 무어가 지적했다. "요소 13. 정상 수치는 15에서 22야. 심각한 문제 아닐까?"

"난 모르겠어."

"당 수치도 봐. 이 그래프가 무슨 뜻이겠어?" 무어는 분명 아주 진지하게 묻고 있었다.

"의사한테 가 보는 게 어때?"

"갔지. 이십사 시간 테스트를 받아야 한대. 그러니까 소변 샘플을 받아서 이십사 시간 지난 뒤에 봐야 진단을 할 수 있다는 거야……. 있지, 가슴이 묵직하게 아파. 바로 여기. 결핵 아닐까?"

"엑스레이를 찍어 봐."

"찍었지. 의사는 피부 반응 검사를 해 보자네. 아, 하나 더. 파상열이 있는 것 같아. 지금 열 있는 것 같아?" 리에게 열을

재 보라는 듯 이마를 내밀었다. 리는 무어의 귓불을 만졌다.
"열은 없는 것 같아." 리가 말했다.

무어는 결핵과 소변 검사로 돌아가서 이야기를 계속했다.
진짜 건강 염려증에서 나온 이야기였다. 리는 너무나 피곤하
고 우울한 이야기라고 생각했다. 무어에게는 결핵도, 신장병
도, 파상열도 없었다. 무어가 앓는 것은 죽음이라는 병이었다.
무어의 몸 세포 하나하나에 죽음이 깃들어 있었다. 희미하고
푸르스름한 부패의 기운. 리는 무어가 어둠 속에서도 빛나리
라 상상했다.

무어는 어린아이처럼 열심히 말했다. "수술을 받아야 할 것
같아."

리는 정말 가야 한다고 말했다.

* * *

리는 코아윌라로 내려갔다. 발걸음을 쉬지 않았다. 강도 현
장에서 도망치듯 빠르고 과감하게 걸었다. 벨트 밖으로 뺀 빨
강 체크 셔츠, 턱수염과 청바지, 고국을 떠난 사람들이 늘 입
는 차림새의 사람들을 지나쳤다. 허름하다고 할 만한 평범한
옷차림을 한 일군의 젊은이들도 지나쳤다. 리는 그 사람들 사
이에서 유진 앨러턴을 보았다. 앨러턴은 키가 크고 아주 말랐
다. 광대뼈가 나오고, 입술은 크고 연붉었으며, 황갈색 눈은
술에 취했을 때 희미하게 보라빛으로 빛났다. 금빛 갈색 머리
는 햇빛을 받아 염색을 한 듯 더욱 밝아 보였다. 눈썹은 곧고

짙었으며, 속눈썹도 짙었다. 아주 어리고 깔끔하고 순진한 동시에 꾸민 듯한 느낌에 섬세하고 이국적이며 동양적인 인상을 주는 모호한 얼굴. 앨러턴이 단정하고 깔끔한 적은 없었지만 누구도 앨러턴을 보고 지저분하다고 생각하지는 않을 터였다. 때로 반쯤 정신을 놓고 있는 게 아닐까 싶을 정도로 무심하고 느긋했다. 누가 한 뼘 옆에서 귀에 대고 말해도 듣지 못할 때가 많았다. 리는 씁쓸히 생각했다. '니코틴 결핍 증후군이겠지.' 리는 앨러턴에게 고개를 끄덕이고 미소를 지었다. 앨러턴은 놀란 듯 고개를 끄덕였지만 미소는 짓지 않았다.

리는 약간 풀이 죽은 채 계속 걸었다. "이쪽으로 가면 수확이 있을지 몰라. '아 베르……'"[20] 사냥개처럼 식당 앞에서 몸이 굳었다. '배고파……. 뭘 사서 요리하기보다 여기서 사 먹는 게 빠르겠어.' 리는 배고플 때나 술이나 모르핀이 필요할 때 참을성이 없어졌다.

안으로 들어가서 스테이크알라멕시카나와 우유를 시켰다. 기다리는 사이 음식 생각에 침이 고였다. 얼굴이 둥글고 입술이 축 늘어진 청년이 레스토랑으로 들어왔다. 리가 맑은 목소리로 불렀다. "안녕, 호레이스." 호레이스는 말없이 고개만 끄덕이고 작은 레스토랑에서도 가능한 한 리와 멀리 떨어진 자리를 찾아 앉았다. 리는 미소를 지었다. 음식이 나오자 짐승처럼 재빨리 먹었다. 빵과 스테이크를 입에 처박고 우유를 꿀꺽꿀꺽 마셔서 억지로 넘겼다. 몸을 의자 깊숙이 묻고 담뱃불을 붙였다.

---

20) A ver. '어디 보자'라는 뜻의 스페인어이다.

리가 지나가는 웨이트리스에게 소리쳤다. "운 카페 솔로."[21]
웨이트리스는 파인애플 소다 한 잔을 멕시코 청년 두 명에게
가져가는 중이었다. 가는 줄무늬 더블브레스트 슈트를 입은
두 멕시코인 중 촉촉한 갈색 퉁방울눈을 하고 번드르르한 검
은 턱수염을 텁수룩하게 기른 남자가 리를 똑바로 쳐다보았
다. 리는 눈을 돌리며 생각했다. '조심하지 않으면 저자가 이
리로 와서 나에게 멕시코를 좋아하냐고 물을지도 몰라.' 1센
티미터쯤 남은 차가워진 커피에 반쯤 태운 담배를 던지고 카
운터로 가서 셈을 치른 뒤 그 멕시코인이 상투적인 말로 말을
붙이기 전에 레스토랑을 빠져나왔다. 리는 떠날 결심을 하면
급작스레 나섰다.

* * *

십아호이에는 가짜 태풍용 램프가 달려 있었다. 바다 분위
기를 내기 위해서다. 테이블이 놓인 작은 방이 두 개 있고, 그
중 한 방에는 바와 높고 불안정한 스툴이 네 개 있었다. 항상
조명이 침침하고 사악한 분위기였다. 손님들은 자유로운 사람
들이었지만 그렇다고 보헤미안들은 아니었다. 십아호이에서는
수염을 기른 사람은 자주 보이지 않았다. 주류 판매 허가도 없
는 술집으로, 단기간 임대로 운영되어 주인이 무척 자주 바뀌
었다. 지금은 톰 웨스턴이라는 미국인과 미국에서 태어난 멕

---

21) Un café solo. '커피 한 잔'이라는 뜻의 스페인어이다.

시코인, 이렇게 두 사람이 함께 운영하고 있었다.

리는 곧장 바에 가서 술을 주문했다. 주문한 술을 마시고 한 잔 더 주문한 뒤에야 안을 둘러보며 앨러턴이 있지 않은지 살폈다. 앨러턴은 테이블에 혼자 앉아 있었다. 다리를 꼬고 앉은 채 의자를 뒤로 기울이고 맥주병을 무릎에 대고 있었다. 앨러턴이 리에게 고개를 끄덕였다. 리는 다정하면서도 가벼운 인사를 하려고 애썼다. 지나치게 친한 척하는 건 피하려는 생각에서였다. 하지만 결과는 형편없었다.

리는 고상한 구세계 인사법으로 고개 숙여 절하려고 앨러턴 옆에 섰다. 그러나 대신 벌거벗은 욕망에서 나온, 불행한 육신에 대한 고통과 증오로 뒤틀린 추파가 흘러나왔으며, 그와 동시에, 놀랄 만큼 그 시각과 장소에 어울리지 않는, 토막 나고 절망적인, 다정한 아이의 미소처럼 애정과 신뢰를 담은 미소가 이중으로 흘러나왔다.

앨러턴은 깜짝 놀랐다. '틱 같은 병이 있나 보군.' 앨러턴은 리가 더 끔찍한 짓을 하기 전에 피하기로 마음먹었다. 그래서 벌어진 결과는 끊어진 전화선 같았다. 앨러턴이 차갑거나 적대적인 건 아니었다. 그저 리를 아예 그 자리에 없는 사람으로 취급했을 뿐이었다. 리는 앨러턴을 잠시 속절없이 바라보다가, 좌절하고 충격에 휩싸인 채 바로 돌아갔다.

리는 두 잔째 술을 다 비웠다. 다시 돌아보자 앨러턴은 어느새 술집에 들어온 메리와 체스를 두고 있었다. 메리는 머리카락을 빨갛게 염색하고 정성껏 화장한 미국 여자였다. 리는 생각했다. '왜 여기서 시간을 낭비하고 있지?' 두 잔 값을 치르고 밖으로 나갔다.

택시를 잡고 치무바로 가자고 했다. 멕시코인들이 자주 오는 여장 술집이었다. 리는 거기서 만난 젊은 남자와 함께 밤을 보냈다.

* * *

당시 군인 대학생들은 낮에는 롤라스에, 밤에는 십아호이에 갔다. 롤라스는 정확히 말하자면 술집이 아니었다. 맥주와 소다수를 함께 파는 작은 상점이었다. 안으로 들어가면 문 왼쪽에 맥주병과 소다수병으로 가득 찬 코카콜라 상자와 얼음이 있었다. 한쪽에 놓인 카운터는 주크박스가 있는 곳까지 길게 이어졌고, 번드르르한 노란색 인조 가죽을 씌운 철제 스툴이 카운터를 따라 쭉 놓여 있었다. 테이블은 카운터 반대편 벽에 줄지어 있었다. 스툴 다리 밑에 씌운 고무가 닳은 지 오래여서 종업원이 빗질을 하려고 스툴을 밀면 바닥을 긁는 끔찍한 소리가 났다. 안쪽에 있는 주방에서는 냄새가 고약한 기름에 무엇이든 튀겨서 아무렇게나 요리했다. 롤라스에는 과거도 미래도 없었다. 그곳은 특정한 시각에 특정한 사람들이 들러서 확인하는 대기실이었다.

치무바에서 남자를 낚은 지 일여드레 뒤 리는 롤라스에 앉아서 《울티마스 노티샤스》[22]를 짐 코컨에게 소리 내어 읽어

---

22) Últimas Noticias. 타블로이드판 황색 신문이다.

주고 있었다. 아내와 아이들을 살해한 남자 기사였다. 코컨은 빠져나갈 구실을 찾아서 두리번거렸지만 가려고 할 때마다 리의 이야기에 발목을 잡혔다. "이것 좀 들어 봐. ……'아내가 시장에서 돌아왔을 때, 이미 만취한 남편은 45구경 권총을 휘두르고 있었다.' 왜 늘 권총을 휘두르지?"

리는 잠시 소리 없이 기사를 읽었다. 코컨은 불안한 듯 몸을 흔들었다. 리가 고개를 들고 말했다. "세상에. 아내랑 애 셋을 죽인 뒤에 면도칼로 자살하는 척했다니." 리는 다시 신문을 보았다. "'그러나 치료도 필요 없을 정도로 가볍게 스친 상처만 났다.' 연기 한번 형편없군!" 신문을 넘기고 제목을 반쯤 소리 내어 읽기 시작했다. "버터에 바셀린을 섞는대. 좋군. K. Y. 젤에 담근 바닷가재라……. 타코 노점상이 개한테 옷을 입혀서 눈길을 끈대……. 하운드 개가 날렵하게 생겼어. 체구도 길고. 타코 노점 앞에서 주인이랑 개를 찍은 사진도 있네. 어떤 사람이 담뱃불을 빌려 달라고 했다. 성냥이 없다는 상대방의 대답에 아이스픽을 꺼내서 상대방을 죽였다. 멕시코에서는 살인이 전국적인 정신병이군."

코컨이 일어섰다. 리도 곧장 일어섰다. "엉덩이, 아니 해군 생활 사 년에 남은 그 부위, 의자에 붙여."

"가야 해."

"뭐야? 공처가야?"

"농담 마. 너무 늦게까지 밖에 있었어. 우리 어머니가……."

리에게는 코컨의 말이 들리지 않았다. 그 순간 리의 눈에 앨러턴의 모습이 비쳤기 때문이다. 앨러턴은 밖에서 어슬렁거리다가 문에 난 창으로 안을 들여다보고 있었다. 리에게 인사하지 않았지만 잠깐 꼼짝도 않다가 다시 걸어갔다. 리는 생각했다. '내가 어두운 곳에 있어서 문에서는 보이지 않았겠지.' 리는 코컨이 떠난 것도 알아차리지 못했다.

리는 충동적으로 갑자기 문밖으로 뛰쳐나갔다. 앨러턴은 반 블록 앞에 있었다. 리가 앨러턴을 따라잡았다. 앨러턴은 돌아섰다. 치켜세운 눈썹은 펜으로 그은 양 검고 곧발랐다. 놀라고 약간 경계하는 표정이었다. 리가 제정신이 아닐지도 모른다고 생각했기 때문이다. 리는 필사적으로 둘러댔다.

"아까 메리가 롤라스에 있었다고 말하려는 것뿐이야. 메리가 나한테 부탁했어. 이따가 5시쯤에 십아호이에 있을 거라고 전해 달래." 어느 정도는 사실이었다. 메리가 롤라스에 들렀고 리에게 앨러턴을 못 보았느냐고 묻기는 했다.

앨러턴은 마음을 놓았다. "아, 고마워요." 이제 꽤 다정하게 물었다. "오늘 거기 가요?"

"그럴 거 같아." 리는 고개를 끄덕이고 미소를 지었다. 그리고 재빨리 몸을 돌렸다.

* * *

리는 5시 직전에 집을 나서서 십아호이로 향했다. 앨러턴은 바에 앉아 있었다. 리는 바에 앉아서 술을 주문하고 앨러턴 쪽으로 돌아앉아서 마치 두 사람이 가깝고 친한 사이인 양 가볍게 인사를 했다. 앨러턴은 전에 가능한 한 리와 가까이 지내지 않겠다고 마음먹었음에도 불구하고, 리가 어찌 된 영문인지 자신을 친한 사람으로 정해 버린 걸 알아차리기도 전에 반사적으로 인사에 답을 했다. 앨러턴은 사람을 무시하는 재능이 있었다. 그러나 이미 위치를 선점한 사람을 몰아낼 능력은 없었다.

리가 말을 시작했다. 가볍고, 젠체하는 구석 없이 지적이며, 건조하게 유머러스했다. 리는 앨러턴의 머릿속에서 자신이 탐탁지 않고 기묘한 사람이라는 생각을 서서히 몰아냈다. 메리가 도착했을 때 리는 여자에게 하는 구식 인사로 공손히 몸을 굽혀 인사하고 실례한다고 말한 뒤 두 사람이 체스를 두게 두고 떠났다.

"누구야?" 리가 밖으로 나간 뒤 메리가 물었다.

"모르겠어." 앨러턴이 대답했다. 리를 만난 적이 있던가? 확실치 않았다. 미군 대학생들은 격식을 갖춰 첫인사를 하지 않는다. 리가 대학생인가? 학교에서는 본 적이 없었다. 모르는 사람과 이야기를 하는 게 이상한 일은 아니다. 하지만 리에게 경계심을 품지 않았던가. 그런데 무슨 영문인지 리가 친숙하게 느껴졌다. 리의 말에는 그 말 자체보다 훨씬 많은 의미가 담겨 있는 듯했다. 리는 앨러턴에게 다른 때 다른 곳에서 서로 친했던 시기가 있었음을 암시하는 단어나 감탄사를 특별히 강조했다. 리는 이렇게 말하는 듯했다. "'너는' 내 말뜻 알잖아? '너도' 생각나지?"

앨러턴은 초조하게 어깨를 으쓱하고 체스판에 말을 놓기 시작했다. 기분이 나쁜데도 그 이유를 꼬집을 수 없는 골난 어린

아이 같은 모습이었다. 몇 분 동안 체스를 둔 뒤 앨러턴은 몸에 밴 평정을 되찾았다. 그리고 콧노래를 흥얼거리기 시작했다.

*　*　*

리가 십아호이로 돌아온 건 자정이 지나서였다. 바 주위에는 취기가 들끓었다. 모두가 귀먹은 사람에게 말하듯 크게 떠들었다. 앨러턴은 이 무리의 가장자리에 서 있었다. 대화가 들릴 리 없었다. 앨러턴은 리에게 다정하게 인사하고 바로 밀치고 들어가더니 럼콕 두 잔을 들고 나타났다. "저쪽에 가서 앉죠." 앨러턴이 말했다.

앨러턴은 취했다. 동공이 크게 팽창해서 눈에서 희미하게 보랏빛이 빛났다. 말이 아주 빨라졌다. 높고 가는 목소리, 육체에서 분리된 기묘한 어린아이의 목소리였다. 리는 이런 앨러턴의 목소리를 들어 본 적이 없었다. 다른 존재, 인간의 것이 아닌 기쁨과 순수를 가진 소년에 홀린 영매의 목소리 같았다.

앨러턴은 독일에서 군 정보부에 복무하며 겪은 일을 이야기했다. 정보원이 정보부에 거짓 정보를 준 일이었다.

리가 물었다. "정보가 사실인지는 어떻게 확인해? 정보원이 준 정보 90퍼센트가 조작된 걸 수도 있잖아. 어떻게 알아?"

"사실 우리도 몰랐죠. 가짜 흥정에 속은 적도 많아요. 물론 다른 정보원을 통해서 모든 정보를 재검토했죠. 그리고 우리 요원도 그쪽에 심어 두고. 잘못된 정보라도 대부분은 일부만 잘못되는 법인데. 이놈이 주는 정보는 전부 다 거짓 정보였어요. 완전히 꾸며낸 러시아 스파이 조직을 찾으려고 우리 요원들이 출동했죠. 결국 프랑크푸르트에서 보고서가 왔어요. 몽땅 다 헛소리였어요. 그런데 그놈은 우리가 정보를 확인하기 전에 도망치지도 않고, 오히려 정보를 더 가져왔어요.

그 시점에는 우리도 그놈 거짓말에 크게 질린 상태였죠. 그래서 지하실에 가뒀어요. 지하실이 아주 춥고 불편하긴 했지만 그 이상으로 뭘 할 수는 없었어요. 포로는 아주 조심스럽게 다뤄야 했거든요. 그놈은 계속 자백을 했죠. 엄청나게 많았어요."

앨러턴은 그 이야기를 하며 몹시 즐거워하는 기색이 역력했다. 말하는 내내 계속 웃었다. 리는 지성과 순진무구한 매력이 결합된 앨러턴의 모습에 감명을 받았다. 앨러턴은 이제 자제나 방어 없이, 한 번도 상처받은 적 없는 아이처럼 다정했다. 앨러턴은 다른 이야기를 꺼내고 있었다.

리는 가느다란 손가락과 아름다운 보랏빛 눈, 소년 같은 얼굴에 떠오른 열띤 표정을 지켜보았다. 상상의 손가락 끝으로 앨러턴의 귀를 어루만지고, 유령의 엄지로 앨러턴의 눈썹을 쓰다듬다가 그 머리카락을 얼굴 뒤로 쓸어 넘겼다. 상상의 손길이 어찌나 강했던지 앨러턴이 분명 느낄 것만 같았다. 이제 리의 손길은 가슴을 타고 배로 내려갔다. 리의 가슴 깊은 곳이 욕망으로 꽉 메었다. 입이 살짝 벌어졌다. 허우적대다가 으르렁거리는 동물처럼 리는 이를 드러냈다. 혀로 입술을 적셨다.

리는 좌절을 즐기는 사람이 아니었다. 욕망의 한계를 새장의 철창처럼, 목줄과 쇠사슬처럼 느껴 왔다. 더 나아가지 못하게 막는 쇠사슬과 단단한 철창을 수많은 세월 동안 경험하면서 동물적으로 학습된 한계였다. 리는 한 번도 순순히 체념한 적이 없었다. 보이지 않는 철창 사이로 밖을 내다보며, 간수가 잠그는 일을 잊기를, 목줄이 해지기를, 철창이 느슨해지기를 조심스럽고 신중하게 기다렸다. 단념도 없이 승낙도 없이 고통받아 왔다.

"문으로 갔더니 그 사람이 입에 나뭇가지 하나를 물고 있었어요." 앨러턴이 말하고 있었다.

리는 듣고 있지 않았다. "입에 나뭇가지 하나를 물고 있었다니." 리는 그렇게 말하고 아무 생각 없이 덧붙였다. "큰 나뭇가지였어?"

"길이가 60센티미터쯤 됐어요. 난 꺼지라고 했죠. 몇 분 뒤에 창문에 또 나타났어요. 그래서 의자를 그놈한테 던졌더니 발코니에서 마당으로 뛰어내렸어요. 높이가 6미터쯤 됐죠. 아주 민첩한 놈이었어요. 인간이 아닌 것 같았어요. 괴상했어요. 그래서 의자까지 던졌지만. 무서웠어요. 우리는 그놈이 군대에서 나가고 싶어서 그런 행동을 꾸며냈다고 생각했죠."

"어떻게 생겼어?" 리가 물었다.

"생김새? 특별히 기억나는 건 없는데. 열여덟 살쯤이었나. 깔끔한 청년 같았어요. 우리는 그놈한테 찬물 한 양동이를 끼얹고 아래층 간이침대에 버려뒀죠. 그놈은 뒹굴기는 했지만 아무 말도 안 했어요. 그게 적절한 벌이라고 생각했어요. 아마 이튿날인가, 병원으로 실려 갔을 겁니다."

"폐렴으로?"

"몰라요. 찬물은 끼얹지 말아야 했나 봐요."

리는 앨러턴이 사는 건물 문 앞에서 앨러턴과 작별했다.

"여기로 들어가?" 리가 물었다.

"예. 제 방이 여기예요."

리는 잘 자라고 인사하고 집으로 걸어갔다.

* * *

그 뒤 리는 매일 5시 십아호이에서 앨러턴을 만났다. 앨러턴은 자기보다 나이가 많은 사람과 친하게 지내는 데 익숙했고, 리와 만나기를 기대했다. 앨러턴은 리처럼 대화하는 사람을 한 번도 본 적이 없었다. 그러나 때로 리가 나타나면 다른 모든 것은 깜깜해지는 듯, 리에게 중압감을 느끼곤 했다. 리를 너무 자주 만나고 있다고 생각했다.

앨러턴은 구속을 싫어했다. 그래서 사랑에 빠진 적도, 절친한 친구를 사귄 적도 없었다. 이제 스스로에게 묻지 않을 수 없었다. '리가 나한테서 바라는 게 뭘까?' 리가 퀴어라는 생각은 들지 않았다. 퀴어라면 어느 정도 분명하게 여성스러운 면이 있으리라고 생각했기 때문이다. 결국 앨러턴은 리가 자신을 관객으로 여긴다고 결론지었다.

3장

맑고 아름다운 4월 오후였다. 정확히 5시에 리는 십아호이로 들어섰다. 앨러턴은 알 하이먼과 바에 앉아 있었다. 알 하이먼은 일시적인 알코올 의존증 환자로, 리가 본 가운데 가장 비열하고 멍청하고 재미없는 취객이었다. 하지만 제정신일 때는 똑똑하고 행동거지가 바르며 친절했다. 지금은 제정신이었다.

리는 목에 노란 스카프를 매고 2페소짜리 선글라스를 끼고 있었다. 스카프와 짙은 선글라스를 벗어서 바에 올려놓았다. "오늘 스튜디오에서 힘들었어." 리는 가식적인 연극 투로 말했다. 럼콕을 주문한다. "있지, 유전에 가 봐야 할 것 같아. 이제 사각형으로 네 곳을 파 내려가고 있는데, 굴착 장치에서 침을 뱉으면 수백만 평방미터가 넘는 내 목화밭이 있는 텍스멕스에 침이 닿을 거야."

"나는 늘 석유업자가 되고 싶었어." 하이먼이 말했다.

리는 하이먼을 돌아보고 고개를 저었다. "미안하지만 내가 보기에 너는 안 어울려. 그런 자질은 아무에게나 있는 게 아냐. 조건을 갖춰야 해. 먼저 석유업자처럼 보여야 돼. 젊은 석유업자는 없어. 석유업자라면 50대는 돼야 해. 피부는 햇빛에 마른 진흙처럼 갈라지고 주름이 졌지. 특히 뒷덜미에 주름이 많아. 그리고 주름에는 흙먼지가 꽉 차 있기 마련이야. 벽돌 때문이기도 하고 유정에 나와 있기 때문이기도 하지. 옷은 개버딘 바지랑 흰 반팔 스포츠 셔츠야. 구두에는 고운 흙먼지가 덮여 있어서 그 사람이 가는 곳마다 희미한 먼지 안개가 전용 모래 바람처럼 쫓아다녀.

자격과 올바른 외양을 갖췄다 치자. 이제 가서 임차를 해야 해. 자기 땅을 드릴로 뚫도록 빌려줄 사람이 대여섯 명은 있어야지. 은행으로 가서 지점장하고 상담도 해야 해. '클렘 패리스는 이 계곡에서 제일 뛰어난 사람이오. 똑똑하기도 하죠. 열심히 힘써 온 사람이죠. 올드맨 스크랜턴과 프레드 크로클리와 로이 스피곳과 테드 베인. 이 사람들 모두 오래된 좋은 일꾼들이죠. 이제 몇 가지 사실을 보여 드리죠. 아침 내내 여기서 지점장님 시간을 잡아먹을 수도 있지만, 지점장님은 사실과 숫자를 다루는 데 익숙한 분일 테고, 그래서 내가 그걸 보여 드리려는 겁니다.'

석유업자는 밖으로 나가서 차로 가지. 차는 꼭 쿠페나 로드스터여야 해. 세단을 탄 석유업자는 절대 없어. 차 뒷자리로 가서 지도들을 꺼내지. 카펫처럼 커다란 지도들이 엄청난 더미로 쌓여 있어. 석유업자는 그 지도들을 은행 지점장 책상 위에 펼치지. 거대한 먼지구름이 지도에서 피어올라서 은행을 채워.

'여기 사각형이 보이죠? 그게 텍스멕스입니다. 그리고 이건 제드 마빈의 땅으로 곧장 이어지는 단층이죠. 요전번에 거기 갔을 때 제드 노인도 만났죠. 좋은 노인네요. 이 골짜기에서 제드 마빈보다 괜찮은 사람은 찾을 수 없죠. 자, 어쨌든 바로 여기를 방금 소코니가 드릴로 뚫었어요.'

석유업자는 지도들을 더 펼치지. 다른 책상에 펼치고 타구로 지도를 고정해. '뭐, 거기는 마른 유정이었어요. 그리고 이 지도는……' 다른 지도를 펼쳐. '이제 지도가 말려 올라가지 않게 저쪽에 앉으시면, 그게 왜 마른 유정이었는지 그리고 애당초 왜 거기를 드릴로 뚫지 말았어야 했는지 그 이유를 정확히 알려 드리죠. 여기, 제드의 아르투아식 우물이랑 텍스멕스 경계선 사이에 단층이 직사각형으로 여기 나 있는 게 보이죠? 그 장애물이 마지막으로 조사된 게 1922년입니다. 그 일을 한 노인을 아실 것 같은데. 이름이 얼 후트죠. 역시 좋은 노인네입니다. 그 노인네 집은 나코그도치스에 있는데 그 사위네 집인 브룩스가가 이쪽, 텍스멕스 북쪽, 경계선 바로 맞은편에 있고……'

이때쯤이면 지점장은 지루해져 그로기 상태에 빠져 먼지가 폐 속에 가라앉기 시작하니까, 석유업자는 체질상 먼지의 영향에 면역이 되어 있지만, 지점장이 말하지. '자, 그 사람들 이야기를 충분히 하셨다면 저도 충분히 들은 것 같습니다. 제가

투자하죠.'

그러면 석유업자는 돌아가서 늘 하는 시굴 작업을 또 시작하지. 댈러스나 뭐 어디에서든 지질학자 한 사람을 고용해서, 단층, 침출, 관입암, 혈암, 사암 등등 뜻 모를 말을 들어. 그리고 어느 정도 되는대로, 아무 데나 골라서 드릴로 뚫기 시작하는 거야.

이제 구멍 뚫는 사람을 이야기할 때야. 구멍 뚫는 사람은 진짜 불량배이기 마련이지. 국경 마을의 매춘 구역에 있는 '보이스 타운'에서 찾아낼 수 있어. 빈 술병이 가득한 방에 창녀 세 명이랑 같이 있어. 병으로 머리를 내려치고 방에서 끌어낸 뒤에 술이 깨기를 기다리지. 그러면 그는 뚫어야 할 곳을 보면서 침을 뱉고 말하지. '뭐, 당신네들 구멍이잖아.'

이제 파 내려간 곳이 마른 유정으로 판명되면 석유업자가 말하지. '뭐, 세상 일이 다 그렇지. 어떤 구멍에는 윤활제가 있는가 하면, 어떤 구멍은 일요일 아침 창녀 구멍만큼 말라 있어.' 더턴이라는 석유업자는 별명이 '마른 구멍'이었어. 좋아 앨러턴, 바셀린 농담은 하지 마. 마른 구멍 더턴은 마른 유정을 스무 군데나 판 뒤에야 치료됐어. '치료됐다'는 말은 석유업계의 은어로 '부자가 됐다'는 뜻이야."

조 기드리가 들어왔다. 리는 스툴을 밀고 조와 악수했다. 리는 조가 퀴어 이야기를 꺼내기를 바랐다. 앨러턴의 반응을 보고 싶었다. 이제 앨러턴에게 점수를 알릴 때가 되었다고 생각했다. 너무 침착하게 플레이하고 있었으므로 점수라 할 만한 것을 알릴 필요가 있었다.

다들 테이블에 앉았다. 기드리는 라디오와 승마 부츠와 손목시계를 도둑맞았다고 말했다. "문제는 내가 내 물건을 훔치는 타입을 좋아한다는 거야."

"그 사람들을 아파트에 데려간 게 실수야. 그래서 호텔이 있잖아." 리가 말했다.

"맞는 말이야. 그렇지만 호텔에 들어갈 돈이 없을 때가 반이야. 게다가 난 누가 나한테 아침밥을 만들어 주고 청소를 해 주는 게 좋단 말이야."

"집은 보호해야지."

"시계랑 라디오는 신경 안 써. 하지만 부츠를 잃어버린 건 진짜 마음 아파. 아름다운 데다가 평생 신을 수 있는 거였는데." 기드리는 앞으로 몸을 숙이고 앨러턴을 보았다. "여기 있는 젊은이 앞에서 이런 이야기를 해도 되는지 모르겠네. 악의는 없었어, 청년."

"계속하세요." 앨러턴이 말했다.

"순찰하던 경관을 내가 어떻게 했는지 말했던가? 내가 사는 곳을 지키는 자경단원이었어. 내 방에 불이 켜 있으면 늘 들어와서 럼주를 마셨어. 그런데 닷새쯤 전에 내가 취해서 몸이 달아 있을 때 그 사람이 집에 들어왔지 뭐야. 조금씩 일이 벌어졌지. 그러다가 결국 마지막에는 내가 그 사람한테 소가 양배추를 어떻게 먹는지 보여 줬어……

이튿날 밤에 모퉁이 맥줏집을 지나가는데 그 사람이 술에 취해서 나타나더니 '술 마셔.' 그러는 거야. 난 '술 마시기 싫어.' 했지. 그러니까 권총을 꺼내더니 '술 마셔.' 하는 거야. 내가 권총을 뺏으려 했지. 그러니까 맥줏집 안으로 들어가더니 체포하러 오라고 전화를 걸더라. 하는 수 없이 안으로 들어가서 벽에 걸린 전화기를 내동댕이쳤어. 이제 술집에서 나한테 전화기 값을 물어내래. 내 방은 1층에 있는데, 내 방에 들어가니 그 사람이 창에 비누로 '엘 푸토 그링고'²³⁾라고 써 놨어. 지우지 않고 그냥 뒀어. 홍보가 되겠지."

술이 계속 나왔다. 앨러턴은 화장실에 다녀오는 길에 바에서 대화를 나누고 있었다. 기드리는 하이먼이 퀴어이면서도 아닌 척한다고 비난했다. 리는 하이먼이 진짜 퀴어는 아니라고 기드리에게 설명하려 애썼지만 기드리는 리에게 말했다. "리, 그놈이 퀴어고 넌 아냐. 넌 그냥 무리에 끼고 싶어서 퀴어인 척하고 돌아다니는 것뿐이야."

"너네 무리에 끼고 싶을 사람이 어디 있어? 지루하고 늙은 무리에." 리가 말했다. 앨러턴이 바에서 존 두메에게 말하는 게 보였다. 두메는 캄페체에 있는 그린랜턴이라는 맥줏집이 본거지인 작은 퀴어 무리 중 한 명이었다. 두메 자신은 확실히 드러나는 퀴어가 아니지만, 그 밖의 그린랜턴 무리 사람들은 십아호이에서 반기지 않을, 새된 소리를 내는 여성스러운 호모들이었다.

리는 바에 가서 바텐더와 이야기하기 시작했다. 리는 생각했다. '두메가 앨러턴에게 내 이야기를 했으면 좋겠군.' 흔히 하듯 '너한테 고백할 게 있어.'라며 상황을 극적으로 몰아가는

23) El Puto Gringo. '남창 외국인'이라는 뜻의 스페인어이다.

건 내키지 않았다. 한편 '그런데 있잖아, 나 퀴어야.'라고 가볍게 흘리는 게 얼마나 힘든지도 경험을 통해 알고 있었다. 상대가 제대로 듣지 못하고 '뭐라고?' 하며 소리치기도 한다. 혹은 '너도 나처럼 퀴어라면…….' 하고 가볍게 말하면 상대는 하품을 하고 이야기를 바꾼다. 그러면 상대가 알아들었는지 아닌지 알 수 없다.

바텐더는 계속 말하고 있었다. "그 여자가 나한테 왜 술을 마시냐고 물어요. 뭐라고 대답해요? 나도 이유를 몰라요. 리가 등에 원숭이를 업고 다닌 적 있죠? 왜 그랬어요? 이유를 알아요? 이유는 없어요. 그런데 제리 같은 사람은 설명을 원해요. 여자는 다 설명을 원한다고요." 리가 수긍하며 고개를 끄덕였다. "그 여자가 나한테는 왜 잠을 더 자고 밥을 잘 먹지 않는지 묻더라. 그 여자는 이해를 못 하지만, 나는 설명을 못 해. 아무도 그건 설명 못 해."

바텐더는 다른 손님들을 접대하려고 자리를 옮겼다. 두메가 리에게 다가왔다. 두메는 맥주병으로 앨러턴 쪽을 가리키며 말했다. "저런 친구를 어떻게 좋아하게 됐어?" 앨러턴은 방 저쪽편에서 메리와 페루에서 온 체스 플레이어와 이야기를 하고 있었다. "나한테 와서 이랬어. '그린랜턴 무리인 줄 알았어요.' 그래서 내가 그랬지. '뭐, 맞아.' 그러니까 나한테 게이들이 모이는 곳들을 구경시켜 달래."

* * *

　리와 앨러턴은 콕토의 「오르페」[24]를 보러 갔다. 어두운 극장에서 리는 자기 몸이 앨러턴을 향해 기우는 것을 느낄 수 있었다. 상대의 몸에 들어가고 싶은, 그의 폐로 숨을 쉬고, 그의 눈으로 보고, 그의 내장과 생식기의 느낌을 익히고 싶은, 맹목적인 벌레 같은 허기로 팽팽해진, 아메바 같은 원형질의 투사(投射). 앨러턴이 앉은 자세를 바꾸었다. 리는 날카롭게 쑤시는 아픔을, 영혼이 삐거나 탈골된 기분을 느꼈다. 눈이 아렸다. 안경을 벗고 감은 눈을 손으로 문질렀다.

　극장을 나설 때 리는 지쳤다. 비칠대다가 여기저기에 부딪혔다. 긴장으로 인해 목소리에 아무 높낮이도 없었다. 때때로 이마에 손을 댔다. 아픔 때문에 무심결에 나온 꼴사나운 몸짓이었다. "술을 마셔야 해." 리가 말했다. 리는 길 건너 술집을 가리켰다. "저기."

　칸막이 자리에 앉아서 데킬라 더블을 주문했다. 앨러턴은 럼콕을 주문했다. 리는 데킬라를 단번에 마신 뒤 자신의 몸에 도는 그 효과에 귀를 기울였다. 한 잔 더 주문했다.

　"영화는 어땠어?" 리가 물었다.

　"어떤 부분은 재밌었어요."

　"그래." 리는 고개를 끄덕였다. 입술을 뾰로통하게 내밀고 빈 술잔을 내려다보았다. "나도 그랬어." 낭독법 교사처럼 아

---

24) Orphée. 화가이자 영화감독인 장 콕토가 연출한 1950년 영화이다.

주 조심스럽게 발음했다.

"콕토는 늘 재밌는 영향을 미쳐." 리가 웃었다. 도취감이 뱃속에서 흘러나왔다. 두 잔째 데킬라를 반쯤 마셨다. "콕토에서 재밌는 건 신화를 현대적인 상황에서 살아 있게 만드는 능력이야."

"정말 그래요." 앨러턴이 말했다.

* * *

두 사람은 러시아 레스토랑으로 저녁을 먹으러 갔다. 리는 메뉴를 훑었다. "그런데 십아호이가 또 벌금을 물게 생겼어. 사악한 경찰 놈들. 200페소라니. 연방 직할지 시민들을 뒤흔드느라 바쁜 하루를 보낸 뒤에 역 대합실에 모여 있겠지. 경찰 한 놈이 말하지. '아, 곤잘레스, 내가 오늘 잡은 놈을 봤어야 해. 울랄라. 아주 좋은 먹잇감이었어!'

'그래, 버스 정류장 변소에서 푸토[25] 퀴어한테서 2페세타를 뜯어냈지? 에르난데스, 그 저질 술책은 우리가 다 알아. 넌 연방 직할지에서 제일 저질 경찰이야.'"

리는 손을 흔들어서 웨이터를 부른다. "이봐, 잭. 마티니 '도스,'[26] 아주 드라이하게. '세코'[27] 그리고 쉬시카 바베 '도스'.

---

25) puto. '몸 파는 남자'라는 뜻의 스페인어 욕설이다.

26) dos. '둘'이라는 뜻의 스페인어이다.

27) seco. '드라이하다'라는 뜻의 스페인어이다.

'사베?'"28)

웨이터가 고개를 끄덕였다. "드라이 마티니 두 잔, 쉬시 케밥 두 접시 주문하신 것 맞죠, 손님?"

"그렇습니다, 아저씨. ……그래, 두메와 저녁은 어땠어?"

"퀴어들로 꽉 찬 술집 예닐곱 군데를 돌아다녔어요. 한 술집에서 어떤 사람이 나한테 같이 춤추자고 하더니 같이 자자고 단도직입적으로 말했어요."

"같이 잤어?"

"아뇨."

"두메는 괜찮은 친구야."

앨러턴이 빙긋 웃었다. "예, 그렇지만 사람들한테 알려지기 싫은 일은 털어놓으면 안 되는 사람이에요."

"비도덕적인, 그런 일?"

"솔직히 말하면, 맞아요."

"그렇군."

그리고 리는 생각했다. '두메가 실패할 리 없지.'

웨이터가 테이블에 마티니 두 잔을 놓았다. 리는 마티니 잔을 촛불 앞에 들고 못마땅하게 바라보았다. "썩어 가는 올리브를 넣은 물 탄 마티니."

웨이터가 주방 안으로 사라진 틈을 타서 열 살 남짓한 소년이 술집으로 황급히 들어오더니 복권을 팔았다. 리는 소년에게서 복권 한 장을 샀다. 소년은 하나 남은 복권이라는 뻔

---

28) sabe? '알았어?'라는 뜻의 스페인어이다.

한 상술을 폈다. 리는 술에 취한 미국인처럼 소년에게 돈을 후하게 주었다. 리가 말했다. "가서 마리화나라도 사." 소년은 미소를 짓고 돌아서서 나갔다. 리는 소년의 등에 대고 소리쳤다. "오 년 뒤에 다시 와. 10페소를 쉽게 벌 테니까."

앨러턴이 미소를 지었다. 리는 생각했다. '천만다행이네. 중산층 윤리 때문에 씨름하지 않아도 되겠어.'

"손님, 음식 나왔습니다." 웨이터가 테이블에 쉬시 케밥을 놓으며 말했다.

리는 레드 와인 두 잔을 주문했다. "혹시 두메한테서 내, 음, 성향 얘기는 들었어?"

"예." 앨러턴이 입에 음식을 가득 넣은 채 말했다.

"저주야. 몇 세대에 걸쳐서 우리 집안에 계속되고 있지. 리가문 사람들은 늘 변태들이었어. '나는 동성애자다.' 그 치명적인 말이 내 어질어질한 머리에 낙인을 찍었을 때 느꼈던 공포는 절대 못 잊어. 말로 다 할 수 없을 공포였어. 내 분비샘의 림프가, 그러니까 림프샘이 얼어붙었지. 볼티모어 나이트클럽에서 짙은 화장을 하고 히죽히죽 웃던 여장 남자들을 본 적이 있는데 그 사람들이 떠올랐어. 내가 그런 인간 이하의 괴물이라니, 어떻게 그럴 수 있을까. 가벼운 뇌진탕을 일으킨 사람처럼 멍한 상태에서 거리로 나갔어. 잠깐만, 킬데어 선생님, 이건 선생님이 처방할 일이 아니죠.[29] 흉측한 절망과 수치밖에 아

---

29) 킬데어는 미국 작가 프리더릭 파우스트가 1936년부터 발표한 소설 시리즈의 주인공인 의사로서, 이후 MGM 영화사에서 닥터 킬데어를 주인공으로 한 일련의 영화를 만들어 유명해졌다.

무엇도 얻을 것 없는 삶을 끝내는 게, 자살하는 게 당연한 일이야. 섹스 괴물로 살아가느니 인간으로 죽는 게 더 고귀해. 그렇게 생각했어. 지식과 성실과 사랑으로 편견과 무지와 증오를 극복하면서 여봐란듯이 내 짐을 자랑스럽게 견디고 살아가야 할 의무가 나한테 있다고 가르친 사람은 보보라는 현명하고 늙은 호모였어. 보보는 우리가 붙인 이름이었지. 적대적인 존재한테서 위협을 받으면 언제라도 사랑이라는 두꺼운 구름을 발산해야 해. 먹물을 뿜는 문어처럼…….

불쌍한 보보. 최후가 끔찍했어. 방트르 백작의 이스파노 수이사[30]를 타고 가다가 탈장된 장이 아래로 흘러내려서 차 밖으로 날리더니 뒷바퀴에 감겼지. 내장이 완전히 빠졌어. 빈 껍질만 남아서 기린 가죽 시트에 그대로 앉아 있었어. 눈이랑 뇌도 쉭 하는 끔찍한 소리를 내면서 빠져나갔어. 방트르 백작은 그 무시무시한 쉭 소리를 무덤까지 가져가겠대…….

그런 뒤에 나는 외로움의 의미를 깨닫게 됐어. 그런데 무덤속에서 보보가 이상한 치찰음 발음으로 말했어.[31] '정말 혼자인 사람은 아무도 없어. 누구나 살아 있는 모든 것의 일부야.' 문제는, '너는 나의 일부'라고 다른 사람을 설득하기가 어렵다는 거야. 그래도 알 게 뭐야. 일부들끼리 같이 움직여야지."

리는 말을 멈추고 앨러턴을 찬찬히 들여다보았다. '내가 이 아이와 뭘 하려는 거지?' 리는 혼란스러웠다. 앨러턴은 가끔씩

---

30) Hispano-Suiza. 스페인에서 시작된 자동차 회사의 이름이다.
31) 게이들은 'ㅅ', 'ㅈ'의 치찰음을 이상하게 발음하는 경향이 있다는 속설이 있다.

미소를 지으며 공손하게 듣고 있었다. "앨러턴, 내 말은, 누구나 거대한 전체의 일부라는 뜻이야. 논의할 필요도 없는 얘기지." 리는 판박이말에 진력났다. 그 판박이말을 마칠 곳을 찾아서 안절부절못하며 주위를 둘러보았다. "이 동성애자 술집들 때문에 우울하지 않아? 물론 이곳의 퀴어 술집들은 미국의 퀴어 술집들에 비할 바가 못 되지만."

앨러턴이 말했다. "저야 모르죠. 두메가 데려간 곳들을 빼고는 다른 퀴어 술집에 가 본 적 없어요. 섹스에 대한 관심만 넘치는 곳이겠죠?"

"정말? 가 본 적 없어?"

"예, 전혀 없어요."

리가 계산하고, 두 사람은 차가운 밤 속으로 걸어 나왔다. 하늘에는 초승달이 푸르고 선명했다. 둘은 정처 없이 걸었다.

"우리 집에 가서 한잔할까? 나폴레옹 브랜디가 있어."

"좋아요." 앨러턴이 말했다.

"있지, 전혀 허세 부리지 않은 소박한 브랜디야. 많은 사람들 입맛에 다 맞춰서 확실한 맛을 내는, 관광객용의 달콤한 술이 아니라고. 내 브랜디는 입에 충격을 주고 마시기를 강요하는 조잡한 장치가 전혀 필요 없어. 따라와." 리가 택시를 불렀다.

"인수르헨테스와 몬테레이까지 3페소." 리가 형편없는 스페인어로 택시 기사에게 말했다. 기사는 4페소를 요구했다. 리는 그냥 가라고 손짓했다. 기사는 뭐라고 중얼거리더니 택시 문을 열었다.

택시 안에서 리가 앨러턴에게 말했다. "이 작자는 체제 전복적인 생각을 품고 있는 게 틀림없어. 있지, 내가 프린스턴 대학교에 다닐 때, 공산주의가 대세였어. 사유 재산이나 계급 사회에 찬성하는 건 자기가 멍청한 얼간이라고 밝히거나 영국 성공회를 믿는 남색가로 의심받을 일이었어. 그렇지만 나는 감염에 굴복하지 않았지. 당연히, 공산주의에 대한 감염을 말하는 거야."

"'아키.'³²⁾ 리가 운전수에게 3페소를 건네자 운전수는 뭐라고 더 중얼거린 뒤 기어를 거칠게 확 바꾸며 차를 몰고 떠났다.

앨러턴이 말했다. "저 사람들이 우리를 좋아하지 않는다는 생각이 들 때가 있어요."

리가 말했다. "나는 사람들이 나를 싫어해도 신경 안 써. 문제는, 그 사람들이 누구를 싫어할 만한 위치에 있느냐는 거야. 지금은 전혀 아니지. 저 사람들은 그럴 자격이 없어. 가령 저 기사만 해도, 저자는 미국인을 미워해. 그런데 저자가 누구를 죽인다면, 아, 누굴 죽일 가능성도 아주 크지, 그 상대가 미국인은 아닐걸. 다른 멕시코인을 죽이겠지. 아마 친한 친구일걸. 친구가 낯선 사람보다 덜 무섭거든."

리는 아파트 문을 열고 불을 켰다. 아파트 안은 손댈 수 없을 만큼 어질러져 있었다. 물건들을 더미로 쌓아서 정리하려는 헛된 시도만이 여기저기 눈에 띄었다. 사람이 사는 흔적은 전혀 없었다. 사진도 없고 장식도 없었다. 가구도 분명 리의 것이 아니었다. 그러나 리의 존재는 아파트에 두루 스며들어

---

32) Aquí. '여기요'라는 뜻의 스페인어이다.

있었다. 의자 등받이에 걸린 코트, 탁자 위에 놓인 모자는 리의 것임을 금방 알아차릴 수 있었다.

"술을 만들어 올게." 리가 주방에서 물잔 두 개를 꺼내서 멕시코산 브랜디를 잔마다 5센티미터쯤 따랐다.

앨러턴이 브랜디를 맛보았다. "세상에. 나폴레옹이 여기에 오줌을 눴나 봐요."

"아직 깨우치지 못한 미각이라. 내가 걱정하던 일이네. 너희 세대는 훈련된 미각이라는 쾌락을 전혀 깨우치지 못했어. 그건 단련된 소수한테만 수여되지."

리는 브랜디를 길게 한 모금 마셨다. 황홀한 '아아' 소리를 내려고 애쓰다가, 브랜디를 조금 삼키고는 기침을 시작했다. "더럽게 끔찍하네." 입을 열 수 있게 되자 리가 말했다. "그래도 캘리포니아 브랜디보다 나아. 은근히 코냑 맛이 느껴져."

긴 침묵이 흘렀다. 앨러턴은 소파에 머리를 대고 앉아 있었다. 눈은 반쯤 감겼다.

리가 일어서면서 말했다. "집 구경할래? 이 집에 침실도 있어."

앨러턴은 천천히 일어섰다. 두 사람은 침실로 갔다. 앨러턴은 침대에 누워서 담배에 불을 붙였다. 리는 하나뿐인 의자에 앉았다.

"브랜디 더 줘?" 리가 물었다. 앨러턴이 고개를 끄덕였다. 리는 침대 끄트머리에 걸터앉아서 잔을 채운 뒤 앨러턴에게 건넸다. 리는 앨러턴의 스웨터를 만졌다. 리가 말했다. "부드럽네, 자기야. 멕시코제가 아닌가 봐."

앨러턴이 말했다. "스코틀랜드에서 샀어요." 앨러턴은 심하게 딸꾹질을 하기 시작하더니, 일어서서 욕실로 달려갔다.

리는 문간에 서 있었다. "어쩌나. 뭐가 잘못됐을까? 술은 많이 안 마셨잖아." 잔에 물을 따라서 앨러턴에게 건넸다. "이제 괜찮아?"

"예, 그런 것 같아요." 앨러턴은 다시 침대에 누웠다.

리는 손을 뻗어서 앨러턴의 귀를 만지다가 얼굴 옆쪽을 어루만졌다. 앨러턴은 손을 위로 올려서 리의 손을 감싸고 꽉 쥐었다.

"이 스웨터 벗자."

"좋아요." 앨러턴은 스웨터를 벗고 다시 누웠다. 리는 구두와 셔츠를 벗었다. 앨러턴의 셔츠 단추를 풀고 손으로 갈빗대와 배를 어루만졌다. 앨러턴의 몸은 리의 손가락 아래에서 경직되었다. "세상에, 말랐네."

"몸집이 아주 가늘어요."

리는 앨러턴의 구두와 양말을 벗겼다. 앨러턴의 벨트를 풀고 바지 단추를 풀었다. 앨러턴이 몸을 둥글게 웅크렸고, 리는 앨러턴의 바지와 속옷을 아래로 당겨 벗겼다. 리도 바지와 속옷을 벗고 앨러턴 옆에 누웠다. 앨러턴은 적대감이나 혐오감을 보이지는 않았다. 그러나 리는 앨러턴의 눈에서 기묘한 무관심을, 동물이나 어린아이에게서 볼 수 있는 냉정한 평정을 보았다.

한참 뒤, 두 사람이 나란히 누워서 담배를 피울 때, 리가 말했다. "아, 그런데 전당포에 맡긴 카메라를 뺏길지도 모른댔지?" 그 이야기를 지금 꺼내는 게 썩 요령 있는 일은 아니라는

생각이 들었지만, 앨러턴이 그런 이야기를 불쾌하게 여길 성격
은 아니라고 결론지었다.

"예. 400페소요. 전당표에 적힌 기한이 다음 수요일이에요."

"그러면 내일 가서 찾아오자."

앨러턴은 벗은 어깨 한쪽을 시트 밖으로 내밀면서 말했다.

"좋아요."

4장

금요일 밤, 앨러턴은 일하러 갔다. 룸메이트 집에서 영자 신문 교정을 보는 일이었다.

토요일 밤, 리는 앨러턴을 만났다. 쿠바라는 술집이었다. 내부 장식이 초현실주의 발레 공연 무대 같은 곳이었다. 벽은 해저 풍경을 묘사한 벽화로 덮여 있었다. 커다란 금붕어들 사이에 정교하게 배치된 인어들이 똑같이 고정된 표정, 경악하는 피해자의 표정으로 손님들을 응시했다. 물고기들도 희미하게 경고하는 느낌이었다. 그 결과, 불안한 분위기가 감돌았다. 성을 알 수 없는 인어들은 손님들의 옆이나 뒤에 있는 어떤 존재에 놀란 듯하지만, 손님들은 그렇게 암시된 존재 때문에 불안했다. 손님들 대부분은 벽에서 멀리 떨어진 곳에서 놀았다.

앨러턴은 좀 부루퉁했다. 리는 마티니 두 잔을 비우기 전까지는 우울하고 불안했다. 한참 동안 침묵을 지킨 뒤 입을 열었다. "있지, 앨러턴……." 앨러턴은 혼자 허밍으로 노래하면서 테이블을 손가락으로 두드리고 불안한 듯 계속 두리번거렸다. 이제 허밍을 멈추고 한쪽 눈썹을 치켜세웠다.

리는 생각했다. '이 어린 놈이 점점 너무 영악해지는군.' 무관심하거나 무례하다고 앨러턴을 벌할 수는 없었다.

"내가 온갖 곳을 여행하면서 겪었는데, 제일 무능한 양복장이는 멕시코에 있어. 여기 양복장이한테 옷을 맡겨 봤어?" 리는 앨러턴의 추레한 옷에 눈길을 주었다. 앨러턴은 리만큼 옷에 무관심했다. "그런 적 없겠네. 내가 다니는 양복점에 가자. 힘든 일 아니야. 나는 기성복 바지를 샀어. 가봉하느라 시간을 보낼 필요도 없어. 우리 둘이서 같은 바지를 입고 다니는 거야."

"좋게 보일 것 같지 않아요."

"사람들이 우리를 샴쌍둥이라고 생각할걸. 자기 쌍둥이 형제를 마약 중독자라고 고발한 샴쌍둥이 이야기 전에 했던가? 양복점 이야기나 다시 하자. 그 바지와 다른 바지를 같이 들고 갔어. 내가 말했지. '이 바지가 품이 너무 커요. 여기 이 바지랑 똑같은 크기로 다시 재봉질해 줘요.' 양복쟁이가 이틀이면 된대. 그게 두 달도 더 전 일이야. '마냐나' '마스 타르데', '아호라', '아호리타'.[33] 바지를 가지러 갈 때마다 '토다비아 노',

---

33) mañana, más tarde, ahora, ahorita. 각각 '내일', '오후 지나서', '곧', '이제 곧'이라는 뜻의 스페인어이다.

그러니까 '아직 아니오'야. 어제도 또 그 '아호라' 타령을 들으니까 더 이상 못 참겠어서 이렇게 말했어. '준비가 됐건 안 됐건 바지 내놔요.' 바지 솔기가 다 뜯어진 상태였어. 내가 말했지. '두 달이 지났는데 한 일이라고는 바지를 뜯은 게 전부요?' 바지를 다른 양복점에 갖다주고 말했어. '꿰매요.' 배고파?"

"실은 고파요."

"팻 스테이크하우스 어때?"

"좋아요."

* * *

팻 스테이크하우스는 스테이크가 맛있는 집이었다. 리는 그곳이 붐빌 때가 없어서 좋아했다. 팻에서 리는 드라이마티니 더블을 주문했다. 앨러턴은 럼콕을 마셨다. 리는 텔레파시 이야기를 시작했다.

"텔레파시는 진짜 있어. 내가 직접 경험했거든. 증명하고 싶은 생각은 없어. 사실, 뭐든 누구한테 증명하고 싶은 생각 자체가 없지만. 내가 관심 있는 건, 어떻게 이용할까야. 남미 아마존강 상류에 야헤라는 식물이 자라는데 그걸 먹으면 텔레파시 능력이 커진대. 약학자들이 야헤를 연구하고 있어. 이름은 생각이 안 나는데 어떤 콜롬비아 과학자가 야헤에서 추출한 성분으로 '텔레파신'이란 약을 만들었어. 잡지에서 읽은 기사야.

나중에 다른 기사를 봤는데, 러시아인들이 노예 노동을 실험하는 데 야헤를 이용한대. 러시아인들은 사람들을 자동으로 복종시키고, 당연한 일이지만 궁극적으로는 사람들 사고를 조종하길 바라나 봐. 근본적인 조종이지. 선전도 필요 없고, 선동도 필요 없고, 절차도 필요 없어. 그냥 다른 사람 마음속에 들어가서 명령만 내리면 돼. 나는 마야 사제들이 일방적인 텔레파시로 농부들을 속여서 그 모든 일들을 하게끔 만들었다고 생각해. 결국 역효과를 냈지. 텔레파시는 원래 속성상 일방적인 게 아냐. 발신자나 수신자가 딱 정해진 게 아니라고.

미국이 내가 생각하는 만큼 멍청하지 않은 한, 미국도 지금은 야혜로 실험하고 있을걸. 야혜가 텔레파시를 쓰는 수단이 될 수도 있겠지. 화학적으로 얻을 수 있는 거면 뭐든 다른 방법으로도 얻을 수 있어." 리는 앨러턴이 특별히 관심을 보이지 않는 걸 알고 텔레파시 이야기를 그만두었다.

"오버코트에 금 1200돈을 숨겨서 밀수하려던 늙은 유대인 기사 읽었어?"

"아뇨, 그게 왜요?"

"글쎄, 이 늙은 유대인은 쿠바로 가는 길에 공항에서 붙잡혔어. 누가 금속을 눈에 띄게 많이 지니고 게이트를 지나면 공항에 있는 금속 탐지기가 벨을 울린대. 신문에 뭐라고 났느냐면, 이 유대인을 붙잡아서 금을 찾은 뒤에, 유대인 같은 외국인들이 공항 창문에 우르르 몰려와서 창 안을 들여다보면서 흥분했대. '그렇지, 게필테 피시!³⁴⁾ 아브라함이라서 체포하는

---

34) Gefilte fish. 민물고기에 달걀, 양파 등을 섞어 수프로 끓인 대표적인 유대인 요리이다.

거야!' 로마 시대로 올라가면 유대인이 봉기해서, 내 생각엔 예루살렘일 텐데, 로마인 5000명을 죽였어. 유대 여자들, 아니, 유대인 혐오자로 보이지 않게 조심해야 하니까, 유대인 여성분들이 로마인 창자를 들고 스트립쇼를 했어.

창자 이야기가 나왔으니 말인데, 내 친구 레지 이야기 했던가? 영국 정보부의 숨은 영웅이지. 복무 중에 대장 3미터랑 엉덩이를 잃었어. 본부에는 '69번'으로만 알려진 채 아랍 청년으로 가장하고 몇 년을 살았지. 그 이름은 희망 사항에 불과했어. 아랍인들은 완전히 일방적이거든. 어쨌든 불쌍한 레지는 희귀한 동양 질병에 걸려서 내장을 왕창 잃었어. 뭐? 하나님과 조국을 위해서? 레지는 연설도, 훈장도 안 바랐어. 자기가 뭘 위해서 복무했는지만 알고 싶었어. 그거면 충분했어. 빈자리로 들어오는 퍼즐 조각을 또 기다리는 인내의 세월을 생각해 봐.

레지 같은 공작원 얘기는 못 들어 봤지? 최전방 장성들이 뛰어난 역습 작전을 세우고 가슴을 훈장으로 뒤덮을 수 있는 건 모두 공작원들이 고통과 위험 속에서 정보를 모은 덕분이야. 예를 들어, 레지는 적군의 휘발유가 부족하다는 걸 최초로 감지한 공작원이야. K. Y. 젤이 바닥난 게 단서였어. 그것 말고도 레지의 화려한 업적은 수없이 많아. 티본스테이크 어때?"

"좋아요."

"레어?"

"미디엄레어."

리는 메뉴판을 보았다. "베이크트 알래스카[35]도 메뉴에 있네. 먹어 봤어?"

"아뇨."

"진짜 맛있어. 바깥쪽은 뜨겁고 안은 차가워."

"그래서 알래스카를 구웠다고 부르나 봐요."

"새로운 음식 아이디어가 떠올랐어. 살아 있는 돼지를 아주 뜨거운 오븐에 넣는 거야. 겉은 바싹 익고 안은 아직 날것이라 씰룩거리지. 더 특이한 술집이라면 펄펄 끓는 브랜디를 뒤집어쓴 돼지가 주방에서 소리를 지르면서 튀어나와서 손님 테이블 바로 옆에서 죽는 거야. 손을 아래로 뻗어서 바삭바삭한 귀를 뽑은 다음에 칵테일 안주로 먹는 거지."

* * *

바깥. 도시는 보랏빛 안개에 잠겼다. 공원 나무 사이로 따뜻한 봄바람이 불었다. 두 사람은 공원을 지나서 리의 집으로 걸어갔다. 때로 웃다가 지쳐서 걸음을 멈추고 서로 몸을 기댔다. 멕시코인이 '카브로네스'[36]라 말하며 지나갔다. 리가 그 남자에게 소리쳤다. "칭가 투 마드레."[37] 그리고 영어로 덧붙였다. "이 시시한 촌구석 나라에 와서 잘난 미국 달러를 쓰는데 이런 일이 벌어져? 길거리에서 욕을 먹어?" 멕시코인이 망설이

---

35) Baked Alaska. 머랭 파이 안에 아이스크림이 들어 있는 후식이다.

36) cabrones. '개새끼들'이라는 뜻의 스페인 욕이다.

37) chinga tu madre. '네 어미랑 붙어먹어라'라는 뜻의 욕설이다.

며 돌아서자, 리는 코트 단추를 끄르고 허리에 찬 권총에 손가락을 댔다. 멕시코인은 그냥 지나갔다.

리가 말했다. "언젠가는 그냥 지나가지 않겠지."

리의 아파트에서 두 사람은 브랜디를 마셨다. 리가 앨러턴의 어깨에 팔을 둘렀다.

앨러턴이 말했다. "뭐, 원하시면."

* * *

일요일 밤, 앨러턴은 리의 아파트에서 저녁을 먹었다. 리가 닭 간을 요리했다. 앨러턴이 늘 레스토랑에서 닭 간을 주문하려 했지만 레스토랑 닭 간은 대부분 신선하지 않았다. 저녁을 먹은 뒤 리는 앨러턴과 섹스하려 했다. 그러나 앨러턴은 리의 접근을 거부하고 십아호이에 가서 럼콕을 마시고 싶다고 했다. 리는 불을 끄고 문을 나서기 전에 앨러턴을 껴안았다. 앨러턴의 몸은 짜증으로 굳어 있었다.

십아호이에 도착하자 리는 바에서 럼콕 두 잔을 주문했다. 바텐더에게 말했다. "아주 진하게 부탁해."

앨러턴은 메리와 테이블에 앉아 있었다. 리는 럼콕을 가져와서 앨러턴 앞에 놓았다. 그런 다음 조 기드리가 있는 다른 테이블에 앉았다. 조 기드리는 젊은 남자와 함께 있었다. 젊은 남자는 군대에서 받은 정신과 상담을 이야기하고 있었다. 기드리가 물었다. "정신과 의사를 만나서 얻은 게 뭐야?" 기드리가 물었다. 목소리에 짜증과 경멸이 배어 있었다.

"나한테 오이디푸스 콤플렉스가 있는 걸 알았죠. 우리 어머니를 사랑하는 걸 알았어요."

"얘야, 어머니를 사랑해? 아닌 사람이 어디 있어."

"내 말은, 어머니를 육체적으로 사랑한다는 뜻이에요."

기드리가 말했다. "말도 안 된다, 얘야." 리는 그 말이 우스워서 소리 내서 웃기 시작했다.

"짐 코컨이 미국으로 돌아갔대. 알래스카에서 일한대." 기드리가 말했다.

리가 말했다. "내가 혼자 살 만한 재산이 있는 게 천만다행이네. 거의 북극 같은 험한 날씨를 겪지 않아도 되니까. 그건 그렇고, 앨리스라고, 짐이랑 결혼한 미국 여자, 만난 적 있어? 세상에, 진짜 잡년이야. 더한 잡년은 본 적도 없어. 짐은 집에 친구도 못 데려가. 외식도 못 해. 그 여자가 자기 지켜보는 앞에서만 먹고, 아니면 아무것도 못 먹게 한대. 그 여자가 짐한테 우리 집에도 가지 말라고 했대. 나를 만나러 올 때마다 짐은 쫓기는 표정이야. 왜 미국 남자들은 여자한테 그렇게 당하면서도 참지? 알 수가 없어. 물론 나는 여자 육체에 전문가가 아니지만, 뼈만 앙상한 앨리스 몸을 보면 온통 '맛없음'이라고 적혀 있어."

기드리가 말했다. "오늘 독설이 아주 대단하네."

"괜히 이러는 게 아냐. 내가 그 '가발' 놈 얘기했나? 시내를 돌아다니는 젊은 미국인인데, 마약 중독자고, 꽤 유명한 콘트라베이스 연주자래. 요점은 뭐냐 하면, 이놈이 돈 많고 늘상 마약을 찾아다니는 중독자면서도 '아니, 돈 주고 사기는 싫어요. 끊는 중이에요. 한 번 쓸 양의 딱 반만 있으면 돼요.'라고 지껄이는 거야. 이런 놈들한테 질릴 대로 질렸어. 3000달러짜리 새 크라이슬러를 몰고 다니면서 마약은 돈 주고 못 사겠대. 난 뭐야? 젠장할 마약 자선 협회야? 이 '가발' 놈, 인간이 이렇게 추할 수 있어?"

기드리가 물었다. "그놈이랑 잤어?" 그 말에 기드리의 젊은 친구가 충격을 받은 듯했다.

"천만에. 난 더 큰 물고기를 낚았어." 리는 앨러턴을 흘긋 보았다. 앨러턴은 메리가 한 말에 웃고 있었다.

"물고기 맞네. 차갑고 미끌거리고, 잡기 어려운 물고기." 기드리가 빈정거렸다.

5장

리는 월요일 아침 11시에 국립 전당포에 가서 카메라를 찾아오기로 앨러턴과 약속했다. 정확히 11시에 앨러턴의 방에 와서 앨러턴을 깨웠다. 앨러턴은 부루퉁했다. 다시 잠들려 했다. 결국 리가 입을 열었다. "자, 지금 안 일어나면……."

앨러턴이 눈을 뜨고 거북이처럼 눈을 껌벅거렸다. "일어나고 있어요."

리는 앉아서 신문을 읽으며 앨러턴이 옷 입는 모습을 보지 않으려고 조심했다. 상처와 분노를 자제하려고 애썼고, 그 노력 때문에 기운이 소진됐다. 움직임도 생각도 무겁게 늘어졌다. 얼굴이 굳고, 목소리에 높낮이가 없어졌다. 아침을 먹는 동안에도 긴장은 계속됐다. 앨러턴은 말없이 토마토 주스를 마셨다.

***

카메라를 되찾느라 온종일을 보냈다. 전당표도 앨러턴이 잃어버리고 없었다. 두 군데 사무실을 가야 했다. 관리들은 고개를 저으며 손가락으로 탁자를 두드렸다. 리는 미끼로 200페소를 더 꺼내 보였다. 결국 이자와 이런저런 비용을 더해 모두 400페소를 냈다. 리는 앨러턴에게 카메라를 건넸고, 앨러턴은 아무런 말도 없이 카메라를 받았다.

두 사람은 침묵 속에 십아호이로 향했다. 리가 들어가서 술을 주문했다. 앨러턴은 사라졌다. 한 시간쯤 지난 뒤 앨러턴이 와서 리 옆에 앉았다.

"저녁 같이 먹을래?" 리가 물었다.

앨러턴이 말했다. "아니, 오늘 밤엔 일해야 해요."

리는 암울했다. 충격을 받았다. 토요일 밤의 온기와 웃음이 사라졌는데 그 이유조차 알 수 없었다. 사랑이나 우정에서 리는 말하지 않아도 직감으로 알 수 있는 관계, 무언 속에 생각과 감정을 주고받는 관계를 만들려고 늘 애써 왔다. 이제 앨러턴이 느닷없이 문을 닫았고, 리는 몸으로 아픔을 느꼈다. 자기 몸의 일부를 다른 사람을 향해 망설이며 내밀었다가 그 내민 곳이 잘린 기분이었다. 리는 피가 흐르는 지스러기를 믿기지 않는 듯 바라보며 충격에 휩싸였다.

리가 말했다. "나도 월러스 행정부처럼 생산하지 않는 데에 장려금을 주지. 오늘 일하지 않으면 내가 20페소를 줄게." 리는 그 이야기를 더 발전시키려 하다가 앨러턴의 냉담한 표정을 보고 입을 다물었다. 리는 침묵에 빠진 채 충격과 상처를 받은 눈으로 앨러턴을 바라보았다.

앨러턴은 신경이 곤두서고 짜증이 났다. 손가락으로 테이블을 두드리면서 주위를 두리번거렸다. 앨러턴 자신도 왜 리 때문에 화가 나는지 이유를 알 수 없었다.

"술 마실래?" 리가 물었다.

"아니, 지금은 안 마실래요. 가야 해요."

리가 홱 일어섰다. "그럼, 나중에 봐…… . 내일 봐."

"예, 좋은 밤 보내세요."

리는 그 자리에 선 채로 앨러턴을 가지 못하게 하려고, 이튿날 약속 잡을 핑계를 만들려고, 자신이 받은 상처를 어떻게든 가라앉히려고 애썼고, 앨러턴은 그런 리를 그대로 내버려 두었다.

앨러턴이 떠났다. 리는 병으로 쇠약해진 사람처럼 의자 등받이에 등을 대고 의자에 몸을 파묻었다. 테이블을 노려보았다. 아주 추운 듯, 생각이 느려졌다.

바텐더가 리 앞에 샌드위치를 놓았다. 리가 물었다. "어? 이게 뭐야?"

"주문하신 샌드위치요."

"아, 그래." 리가 샌드위치를 몇 입 베어 물고는 물을 마셔서 목으로 넘겼다. 바텐더에게 소리쳤다. "조, 장부에 달아 둬."

일어서서 밖으로 나갔다. 천천히 걸었다. 여러 차례 나무에 기대서서 배가 아픈 듯 고개를 숙였다. 아파트에 들어와서 코트와 구두를 벗은 뒤 침대에 걸터앉았다. 목구멍이 쓰리기 시

작했다. 눈이 젖어 왔다. 침대에 쓰러져서 몸을 들썩이며 울었
다. 무릎을 가슴으로 당겨 모으고 주먹을 꽉 쥔 채 양손으로
얼굴을 가렸다. 아침이 다가오자 바로 누워서 몸을 폈다. 울음
은 멈추었고, 얼굴은 아침 햇살에 편안해졌다.

* * *

리는 정오쯤 잠에서 깼다. 한 손에 구두 한 짝을 흔들흔들
들고 침대 끝에 한참 걸터앉아 있었다. 눈을 물로 몇 번 적시
고 코트를 입은 뒤 집을 나섰다.

광장으로 가서 예닐곱 시간 동안 돌아다녔다. 입이 말랐다.
중국 식당에 들어가서 칸막이 자리에 앉아 콜라를 주문했다.
고통이 온몸으로 퍼졌다. 미동도 없이 앉아서 생각에 몰두했
다. '무슨 일이 있었지?'

사실들을 꼼꼼 살피려 애썼다. 앨러턴은 상호 관계를 만들
어 갈 수 있을 정도의 퀴어가 아니었다. 리의 애착이 앨러턴을
자극했다. 할 일이 없는 사람들이 대개 그렇듯, 앨러턴은 누
가 자기 시간을 뺏으려 하면 분개했다. 친한 친구도 없었다. 명
확한 약속은 싫어했다. 누가 자기한테서 뭘 기대한다고 느끼
면 달갑잖았다. 가능한 한 외부의 압박 없이 살고 싶었다. 앨
러턴은 카메라를 찾으려고 돈을 낸 리의 행동이 불쾌했다. '사
기 거래에 말려들었다'고, 바라지 않는 의무를 떠안았다고 느
꼈다. 물질적 호의를 몹시 싫어하면서도 이미 받은 모순을 인
정하고 싶지 않았다. 리는 앨러턴의 입장에서 생각할 수 있게

됐다. 그러나 그 과정에서 앨러턴의 무관심을 더 확실히 확인하고 괴로워했다. '나는 앨러턴이 좋아. 그래서 나를 좋아하게 만들고 싶었어. 돈으로 매수할 생각은 전혀 없었어.'

리가 결심했다. '여기를 떠나야지. 다른 데로 가자. 남아메리카 파나마.' 역으로 가서 베라크루즈로 가는 다음 열차 시각을 확인했다. 밤차가 있었지만 표를 사지는 않았다. 앨러턴과 멀리 떨어져서 홀로 다른 나라에 다다른다는 생각에 적막감이 차갑게 밀려왔다.

택시를 타고 십아호이로 갔다. 앨러턴은 없었다. 리는 세 시간 동안 바에 앉아서 술을 마셨다. 마침내 앨러턴이 문밖에서 안을 들여다보며 리에게 흐릿하게 손을 흔들고는 메리와 위층으로 올라갔다. 주인 살림집으로 갔겠지. 거기서 종종 저녁을 먹으니까.

리는 톰 웨스턴의 살림집으로 올라갔다. 메리와 앨러턴은 거기 있었다. 리는 앉아서 앨러턴의 관심을 끌려고 애썼지만 제대로 행동하기에는 너무 취해 있었다. 가볍고 유머러스한 대화를 이어 가려는 리의 노력은 보기에도 안쓰러웠다.

* * *

잠들었던가 보다. 메리와 앨러턴은 가고 없었다. 톰 웨스턴이 뜨거운 커피를 주었다. 리는 커피를 마시고 일어섰다. 웨스턴의 살림집에서 비틀대며 나왔다. 기진맥진해서 이튿날 아침까지 잤다.

술에 취해 혼란 속에서 보낸 한 달 동안의 장면들이 눈앞을 스쳤다. 누군지 알 수 없는 얼굴이 있었다. 호박색 눈, 노란 머리, 아름다운 검정 직모 눈썹의 잘생긴 청년. 인수르헨테스[38] 도로변 술집에서 모르는 남자를 추잡하게 만지작거리며 맥주를 사 달라고 조르는 자신의 모습이 보였다. 코아윌라주에 있는 값비싼 술집에서부터 따라온 남자를 권총으로 협박해서 동침하려 하는 모습도 보였다. 고향에서 힘이 되어 주었던 다정하고 부드러운 손길도 느껴졌다. "마음 편히 가져, 빌." 엘크하운드와 함께 당당하고 씩씩하게 서 있는 어릴 적 친구 롤린스. 전차로 달려가는 칼. 악의에 찬 심술궂은 미소를 짓는 무어. 그 얼굴들이 하나로 합쳐지며 악몽이 되었다. 처음에는 백치의 신음 같은 기묘한 목소리로 알아들을 수 없는 말을 걸더니 마침내 아무 소리도 들리지 않았다.

* * *

일어나서 면도를 하니 기분이 나아졌다. 롤빵과 커피도 먹고 마실 수 있었다. 담배를 피우고 신문을 읽으면서 앨러턴을 생각하지 않으려 애썼다. 이윽고 시내로 가서 총포상들을 돌아보았다. 염가에 파는 콜트 프런티어를 발견하고 200페소에 샀다. 상태가 완벽한 32-20으로, 일련 번호가 30만 번대였다. 미국에서는 최소한 100달러는 줘야 살 수 있을 물건이었다.

---

38) Insurgentes. 멕시코시티에서 가장 긴 대로이다.

리는 미국 서적을 파는 서점으로 가서 체스에 관한 책을 샀다. 차풀테펙 공원으로 가서 호숫가 소다수 노점에 앉은 뒤 책을 읽기 시작했다. 섬에서 커다랗게 자란 침엽수 한 그루가 리의 눈앞에 보였다. 나무에는 독수리 수백 마리가 앉아 있었다. 독수리는 뭘 먹지? 빵 조각을 던졌다. 빵 조각이 섬까지 날아갔지만, 독수리들은 아무 관심도 보이지 않았다.

리는 게임의 규칙과 무작위적 행동에 대한 전략에 관심이 있었다. 예상대로, 체스에는 게임의 규칙이 적용되지 않았다. 체스의 접근법은 우연이라는 요소를 배제하고 예측할 수 없는 인간적 요인을 제거하는 것이다. 체스의 원리를 완벽하게 이해하면 말을 어떻게 쓰더라도 결과를 예측할 수 있다. '생각하는 기계를 위한 게임이군.' 가끔 미소를 지으며 계속 읽었다. 마침내 일어서서 책을 호수에 띄워 보내고 자리를 떴다.

리는 깨달았다. 앨러턴에게서는 바라는 바를 결코 얻지 못하리라. 사실이라는 법정은 리의 탄원을 거부했다. 그래도 포기하지 않았다. '사실을 바꿀 방법을 찾을 수 있을지도 몰라.' 어떤 위험이라도 감수할, 어떤 극단적인 행동이라도 취할 각오가 섰다. 이미 리는 성자처럼, 더 잃을 게 없는 지명 수배 범죄자처럼, 겁먹고 몸을 사리며 투덜거리는, 늙어 가는 육신의 요구 너머로 발을 내디뎠다.

택시를 타고 십아호이로 갔다. 앨러턴은 십아호이 앞에 서서 햇살 속에 나른하게 눈을 깜박이고 있었다. 리는 앨러턴을 보고 미소를 지었다. 앨러턴도 미소를 보였다.

"별일 없어?"

"졸려요. 방금 일어났어요." 앨러턴은 하품을 하고 십아호이 안으로 들어갔다. 한 손을 들어 "또 봐요."라고 인사하고 바에 앉아서 토마토 주스를 주문했다. 리도 들어가서 앨러턴 옆에 앉아 럼콕 더블을 시켰다. 앨러턴은 자리를 옮겨서 톰 웨스턴이 앉아 있는 테이블에 앉았다. 바텐더에게 소리쳤다. "토마토 주스는 여기로 주세요."

리는 앨러턴이 있는 옆 테이블에 앉았다. 톰 웨스턴은 나가려는 참이었다. 앨러턴이 톰을 따라 나갔다. 다시 돌아온 앨러턴은 다른 방에 앉아서 신문을 읽었다. 메리가 들어와서 그 옆에 앉았다. 두 사람은 몇 분 동안 이야기를 나눈 뒤 체스판을 폈다.

리는 술 세 잔을 연거푸 마셨다. 성큼성큼 걸어가서 의자를 끌고 메리와 앨러턴이 체스를 두고 있는 테이블로 다가갔다. "안녕? 훈수 둬도 괜찮겠지?"

메리는 짜증스러운 표정으로 리를 쳐다보았지만 리의 끈덕지고 무관심한 시선과 눈이 마주치자 미소를 지었다.

"체스를 공부하고 있었어. 체스를 만든 게 아랍인들이래. 놀랄 일도 아니야. 오래 앉아 있기로는 아랍인들을 이길 수 없으니까. 옛날 아랍 체스는 기본적으로 '앉아 있기 경연 대회'였어. 두 경연자 다 굶어 죽는 게 바로 외통수였지." 리는 말을 멈추고 술 한 모금을 길게 마셨다.

"바로크 시대에는 짜증스러운 행동으로 상대를 괴롭히는 게 체스에서 일반적으로 쓰이는 전술이었어. 치실로 이를 닦는 사람도 있고, 관절을 굽혀서 탁탁 소리를 내거나 침으로 방울을 만들어 날리는 사람도 있었어. 그런 방법이 계속 개발됐지. 바그다드에서 1917년에 벌어진 경기에서는, 아랍인 아라크니드 카얌이 「아 윌 비 어라운드 웬 유아 곤」을 허밍으로 4만 번 부르면서 한 번 부를 때마다 말을 움직일 듯 체스판에 손을 뻗었어. 결국 독일 마스터 쿠르트 슐레미엘을 이겼지. 마지막에는 슐레미엘이 발작을 일으켰어. 이탈리아 마스터 테트라치니가 어떤 공연을 펼쳤는지 알려 줄까?"

리는 메리의 담배에 불을 붙였다.

"내가 '공연'이라고 말한 데엔 이유가 있어. 그 사람은 쇼맨십이 뛰어났거든. 쇼맨십이 뛰어난 사람들이 다 그렇듯이 야바위를 넘어서지는 못했고 완전히 속임수만 쓰기도 했지. 상대한테, 동작을 안 들키려고 연막을 피우기도 했어. 비유가 아니라 진짜 연막을 피웠어. 바보 몇 명을 훈련해서 거느리고 다녔는데, 신호를 보내면 그 바보들이 들어와서 체스 말을 다 먹어치웠지. 패배가 눈앞에 있을 때가 많았어. 그럴 만한 게, 테트라치니는 체스라고는 전혀 모르고 규칙만 알았고, 그나마도 대충 알았거든. 그런 때면 테트라치니는 펄쩍 뛰면서 소리쳤어. '이 저질 새끼! 손에 퀸 숨긴 거 다 봤어!' 그러고는 깨진 찻잔으로 상대 얼굴을 쑤셨어. 1922년에 프라하에서 추방됐지. 그 뒤에 내가 어디서 테트라치니를 봤느냐 하면, 우반지강[39] 상류야. 완전히 망가졌더라. 무허가 콘돔 행상이 됐더군. 그해에는 우역이 유행하고, 동물이 다 죽었어. 하이에나까지."

---

39) Ubangi. 중앙아프리카에 위치한 강 이름이다.

리가 말을 멈추었다. 받아쓰기하듯 장광설이 저절로 나왔다. 자신의 입에서 무슨 말이 이어질지 리 자신도 몰랐다. 그러나 이 독백이 추잡해질 듯한 예감은 느꼈다. 메리를 보았다. 메리는 앨러턴과 의미심장한 눈빛을 주고받고 있었다. '연인끼리 통하는 암호 같은 것이군.' 리가 추정했다. '메리가 앨러턴한테 당장 가자고 말하네.' 앨러턴은 일하러 가기 전에 머리를 잘라야 한다면서 일어섰다. 메리와 앨러턴이 떠났다. 리는 술집에 혼자 남았다.

독백은 계속됐다. "폰 클루치 장군 밑에서 부관으로 일했을 때야. 힘들었어. 만족시키기 힘든 사람. 일주일 만에 포기했어. 사관들 사이에서 도는 말이 있었어. '늙은 클루치한테 절대로 측면을 노출하면 안 된다.' 클루치를 더는 하루도 못 견디겠더라. 아담한 마차를 조립하고 압둘이랑 길을 떠났어. 압둘은 그 동네에 살던 미소년이야. 탄하자로에서 벗어나서 16킬로미터쯤 갔는데, 압둘이 우역에 걸렸어. 어쩔 수 없이 거기 죽게 버려뒀어. 그러기 정말 싫었지만 방법이 없으니 어떡해. 압둘의 외모가 완전히 망가졌거든. 알겠지?

잠베지강 상류에서 늙은 네덜란드 상인을 만났어. 한참 흥정한 끝에 아편 팅크 한 병을 주고 남자애를 받았어. 터키 상류층 남자와 백인 여자의 피가 반씩 섞인 애였어. 팀북투까지는 동행할 수 있겠다, 다카르까지 쭉 갈 수도 있겠다 싶었어. 그런데 팀북투에 도착하기도 전에 지친 기색을 보이더라. 그래서 순혈 베두인족으로 바꾸기로 마음먹었어. 혼혈이 외모는 좋아도 잘 버티질 못해. 팀북투에서 콘 홀 구스의 중고 노예

상점으로 갔어. 교환할 애가 있는지 보려고.

구스가 뛰어나와서 사탕발림을 해 대. '아이고, 리 나리. 알라신께서 나리를 보내셨군요! 나리 몸에, 아니, 가시는 길에 꼭 맞는 놈이 있습죠. 일단 들어와서 보세요. 주인을 한 사람밖에 겪지 않은 놈이 있습죠. 전 주인은 의사였어요. 일주일에 두 번, 가볍게만 하는 샌님이었죠. 이놈은 어리고도 나긋나긋해요. 사실, 말도 아기 말투로 하거든요……. 자, 보세요!'

'노망해서 침을 질질 흘리는 게 아기 말투야? 우리 할아버지가 저놈한테서 매독을 옮았겠네. 다른 놈 내놔.'

'맘에 안 드세요? 아까워라. 뭐, 입맛은 제각각이라는 말도 있습죠. 이놈은 100퍼센트 사막 베두인족입니다. 무함마드 직계 후손입죠. 저 태도를 잘 보십쇼. 저 자존심! 저 활기!'

'생김새는 괜찮은데 합격점에는 못 미쳐. 색소 결핍증 있는 몽골인이야. 이봐, 구스, 지금 누굴 상대하는지 몰라? 우반지 북부에서도 제일 닳아빠진 호모야. 그러니까 잔챙이는 집어치워. 이 똥통 속에 쑥 들어가서 이 좀먹은 시장에서 제일 잘생긴 놈을 끌어내 봐.'

'좋습니다, 나리. 질을 따지시는 거죠? 따라오십쇼. 여깁니다. 설명이 필요 없습죠. 질이 다 설명하지 않습니까. 고급을 보고 싶다고 한 뒤에 값을 들으면 비명을 지르는 싸구려 손님이 많아요. 나리도 아시고 저도 알다시피, 질이 좋으면 값도 오르죠. 무함마드 자지에 대고 맹세하는데, 정말로, 이 질 좋은 놈을 사느라 돈을 많이 투자했습죠.'

'으흠. 누가 좀 쓴 흔적은 보이는데 그럭저럭 괜찮네. 시험

삼아 써 봐도 되나?'

'아이고 세상에나, 저희는 매춘 업소가 아닙니다. 여기서는 순전히 거래만 합죠. 써 볼 수는 없습니다. 그랬다가는 제가 면허를 뺏겨요.'

'제일 가까운 번화가도 160킬로미터나 떨어진 데에 스카치 테이프랑 가정용 시멘트로 수리한 집을 등칠 사람인가, 내가? 게다가 저놈이 계집애가 아닌지 어떻게 알아?'

'리 나리! 저희 집은 상도덕을 지킵니다!'

'마라케시에서 그렇게 당한 적이 있어. 일반인이 나한테 아비시니아 왕자라면서 어떤 녀석을 넘겼는데, 남자 옷을 입힌 유대인 계집애였어.'

'하하하. 재밌는 농담을 많이도 알고 계시네요. 이건 어떻습니까? 오늘 밤은 시내에서 묵으면서 저놈을 시험 삼아 써 보시는 겁니다. 아침에 마음에 안 든다 싶으시면, 제가 한 푼도 안 빼고 다 돌려드립죠. 공평하죠?'

'좋아. 자, 이 혼혈은 얼마를 쳐 줄래? 건강 상태는 완벽해. 건강 진단도 받은 지 얼마 안 됐어. 음식도 많이 축내지 않고, 말수도 없어.'

'아이고, 나리! 제가 나리를 위해서라면 제 오른쪽 불알이라도 기꺼이 잘라 드리리라는 건 나리도 아시죠? 그렇지만 우리 어머니 구멍을 두고 맹세하는데, 이 잡종 노예들은 마약 중독자 창자보다도 움직이질 않습니다. 제 말이 사실이 아니면, 제가 이 자리에 쓰러져서 사지가 마비되고 자지가 떨어집니다.'

'뻔한 소리는 관둬. 얼마?'

구스가 허리에 손을 얹고 혼혈 앞에 서서, 미소를 지으면서 고개를 가로저어. 그 아이 주위를 빙 돌고, 손을 뻗어서, 무릎 뒤에 살짝 튀어나온 작은 혈관을 가리켜. '저것 보세요.' 그 말을 하면서도 여전히 미소를 띠고 고개를 가로젓고 있어. 다시 아이 주위를 돌기 시작해. '치질도 있고.' 고개를 가로저어. '모르겠어요. 나리께 뭐라고 말씀드려야 할지 정말 모르겠어요. 야, 입 열어……. 이도 두 개 없네.' 구스의 얼굴에서 이미 미소가 사라졌어. 장의사처럼 낮고 신중한 목소리로 말하고 있어.

'솔직하게 말하죠. 이런 노예는 지금 너무 많아요. 이 노예는 그냥 잊어버리고 다른 노예 값을 얘기할래요.'

'난 저놈을 어쩌라고? 한길에서 팔고 다닐까?'

'예비 노예로 데리고 다니시죠, 하하하…….'

'하. 얼마 줄래?'

'글쎄요……. 자, 화내지 마십쇼……. 200피아스터 드리죠.' 구스는 내 화를 피하려는 듯 겁내면서 살짝 내달려. 그러자 마당에서 먼지가 커다랗게 구름처럼 피어올라."

이야기가 갑자기 끝나고, 리는 주위를 둘러보았다. 술집은 거의 비어 있었다. 리는 술값을 내고 어둠 속으로 걸어갔다.

6장

목요일에 리는 경마에 갔다. 톰 웨스턴이 권유했다. 톰은 취미로 점성술 점을 보는데, 리에게 별자리 운이 따른다고 확언했다. 리는 다섯 경기를 잃은 후 택시를 타고 십아호이로 돌아왔다.

메리와 앨러턴은 체스를 두는 페루인과 테이블에 앉아 있었다. 앨러턴은 리에게 테이블로 와서 앉으라고 했다.

리가 주위를 둘러보며 말했다. "가짜 점쟁이 걸레는 어디 갔어?"

앨러턴이 물었다. "톰이 시시껄렁한 조언을 했어요?"

"그랬어."

메리는 페루인과 자리를 떴다. 리는 세 번째 잔을 비우고 앨러턴을 돌아보았다. "조만간 남아메리카로 내려갈까 해. 같이 갈래? 넌 한 푼도 안 내도 돼."

"돈 아닌 다른 게 들겠죠."

"난 같이 지내기에 까다로운 사람이 아냐. 서로 만족스럽게 협의할 수 있어. 너한테 손해될 건 없잖아?"

"자주성이 손해를 입죠."

"누가 네 자주성을 간섭하겠어? 원한다면 남아메리카 여자 전부랑 자도 돼. 일주일에 가령 두 번만이라도 이 아빠를 다정하게 대하기만 하면 돼. 과한 부탁은 아니잖아? 마음대로 떠날 수 있게 왕복 티켓을 사 줄게."

앨러턴이 어깨를 으쓱했다. "생각해 보죠. 일이 아직 열흘 남았어요. 일이 끝날 때 확답할게요."

'일이라……. 그 열흘 급여를 내가 주지.' 리는 그렇게 말할까 생각하다가 대신 "알았어."라고 말했다.

앨러턴의 신문사 일은 임시직이고, 앨러턴은 너무 게을러서 어떤 직업도 계속할 수 없었다. 따라서 앨러턴의 대답은 '아니오'라는 의미였다. 리는 열흘 뒤에 앨러턴을 설득하기로 마음먹었다. '지금은 강요하지 않는 게 좋겠어.'

* * *

앨러턴은 신문사 동료와 모렐리아[40]로 사흘 동안 여행을 다녀올 계획이었다. 떠나기 전날 밤, 리는 광적인 흥분 상태에

---

40) Morelia. 멕시코 미초아칸주의 주도이다.

빠져 있었다. 테이블 하나 가득 사람들을 시끌벅적 모았다. 앨러턴은 메리와 체스를 두고 있었고, 리는 할 수 있는 한 온갖 부산을 떨었다. 리가 좌중을 계속 웃겼지만, 사람들은 모두 어쩐지 불편해 보였다. 그 자리를 피하고 싶어 하는 듯했다. 사람들은 리가 약간 미쳤다고 생각했다. 그러나 리는 자신의 말이나 행동이 수치스러울 정도로 과해질 지점에 이른 듯하면 스스로를 추스르고 완전히 평범한 말을 했다.

새로 도착한 사람이 있으면 리는 펄쩍 뛰어서 껴안았다. "리카르도! 아미고 미오!41) 정말 오랜만이야. 어디 있었어? 아이는 낳았어? 엉덩이든 뭐든, 해군에서 사 년을 보내고 남은 그것, 의자에 붙이고 앉아. 리카르도, 근심거리가 뭐야? 여자 문제야? 위층에 있는 돌팔이들 대신 나한테 온 거, 잘했어."

이때 앨러턴과 메리가 잠시 나직이 속삭인 뒤 떠났다. 리는 조용히 두 사람을 눈으로 좇았다. '나는 이제 빈집에서 연기하고 있군.' 리가 생각했다. 리는 럼 한 잔을 또 주문하고 벤제드린 네 알을 삼켰다. 그런 다음 변소로 가서 마리화나를 피웠다. 리는 생각했다. '이제 관객을 즐겁게 해 줘야지.'

웨이터 조수가 쥐를 잡아서 꼬리를 쥐어 들고 있었다. 리는 가끔씩 가지고 다니는 구식 22구경 리볼버를 꺼냈다. 리가 나폴레옹 같은 자세를 취하면서 말했다. "그 빌어먹을 놈을 잘 잡고 있어. 내가 터뜨릴 테니까." 웨이터 조수는 쥐 꼬리를 줄에 묶고 팔을 쭉 뻗어서 바깥쪽으로 들었다. 리가 1미터 앞에

_____

41) Amigo mio! '내 친구!'라는 뜻의 스페인어이다.

서 총을 쏘았다. 총알은 쥐 대가리를 산산이 부쉈다.

리처드가 말했다. "조금만 더 가까이에서 쐈으면 쥐 파편에 총구멍이 막혔을걸."

톰 웨스턴이 들어왔다. 리가 말했다. "늙은 점쟁이 걸레 납셨네. 역행하는 토성이 네놈 엉덩이를 여기까지 끌어왔나?"

웨스턴이 말했다. "맥주가 마시고 싶어서 엉덩이가 여기로 오더라."

"그럼, 제대로 잘 찾아왔네. 내 점성가 친구한테 맥주 한 잔 줘⋯⋯. 뭐?" 리는 다시 웨스턴을 향해 말했다. "미안해. 바텐더가 그러는데 별자리가 안 맞아서 자네한테 맥주를 못 준대. 있지, 금성이 69번째 집에 사나운 해왕성이랑 같이 있대. 바텐더가 그런 점괘에서는 맥주를 못 준단다." 리는 약간의 아편을 블랙커피와 함께 삼켰다.

호레이스가 들어와서 리에게 가볍고 무뚝뚝하게 목례를 했다. 리는 황급히 호레이스 옆으로 가서 껴안은 뒤 말했다. "호레이스, 우리 사랑이 우리 둘보다 위대하잖아. 왜 우리 사랑을 숨겨?"

호레이스가 완강하게 리를 밀치며 말했다. "저리 비켜. 저리 비켜."

"호레이스, 그냥 멕시코 아브라소[42]야. 이 나라 풍습이라고. 여기서는 다 이렇게 해."

"풍습 같은 건 상관없어. 내 옆에서 떨어져."

---

42) abrazo. '포옹'라는 뜻의 스페인어이다.

"호레이스! 왜 이렇게 차가워?"

호레이스가 말했다. "저리 좀 비킬래?" 그리고 나갔다. 호레이스는 조금 뒤에 다시 돌아와서 바 끝에 서서 맥주를 마셨다.

웨스턴과 알리와 리처드가 리 옆으로 왔다. 웨스턴이 말했다. "빌, 우리는 네 편이야. 저 자식이 너한테 손가락 하나라도 대면 내가 맥주병으로 저놈 머리를 내려칠게."

리는 이런 일이 장난스러운 정도를 넘어서지 않기를 바랐다. "아, 호레이스는 괜찮아. 그렇지만 나도 참는 데 한계가 있어. 이 년 동안 나한테 무뚝뚝하게 고갯짓만 하네. 이 년 동안 롤라스에 들어와서 둘러보고, '여긴 여성스러운 호모들밖에 없네.'라고 말하고 거리로 나가서 맥주를 마셔. 다시 말하지만, 한계는 있어."

* * *

앨러턴이 모렐리아 여행에서 돌아왔다. 뿌루퉁하게 짜증이 나 있었다. 리가 여행은 재미있었냐고 묻자 "아, 괜찮았어요." 라고 우물거린 뒤 다른 방으로 가서 메리와 체스를 두었다. 분노가 리의 온몸에 흘렀다. '내가 어떻게든 앙갚음하고 만다.'

십아호이의 절반을 살까. 앨러턴은 십아호이에서 외상으로 마셨고, 외상값은 400페소였다. 리가 술집의 절반을 소유하면, 앨러턴은 리를 무시할 수 없는 입장이 된다. 실제로 보복할 마음은 없었다. 앨러턴과 특별한 만남을 계속 유지하기를 필사적으로 바랐다.

리는 만남을 다시 확립하려고 애썼다. 어느 오후, 리와 앨러턴은 황달에 걸려 입원한 알 하이먼을 면회하러 갔다. 돌아오는 길에 바텀스에 들러서 칵테일을 마셨다.

리가 불쑥 물었다. "전에 말한 남아메리카 여행 어때?"

"글쎄, 전에 못 본 델 보는 일은 언제라도 즐겁죠."

"아무 때나 떠날 수 있어?"

"아무 때나."

* * *

이튿날 리는 필요한 비자와 표를 구하기 시작했다. "여기서 캠핑 장비들을 사는 게 나아. 야혜를 찾으려고 정글로 걸어서 들어가야 할지도 몰라. 야혜가 있는 곳에 도착하면, 물정 밝은 놈을 찾아내서 물어봐야지. '야혜를 손에 넣을 수 있는 데가 어디야?'"

"야혜를 찾을 만한 위치는 어떻게 알아낼 생각이죠?"

"보고타에서 찾을 계획이야. 보고타에 사는 콜롬비아 과학자가 야혜에서 텔레파신을 추출했어. 그 과학자를 찾아야지."

"그 사람이 말하지 않으면 어쩌죠?"

"보리스가 손보면 입을 안 여는 사람이 없어."

"그럼, 보리스가……?"

"당연히 난 아니지. 파나마에서 보리스를 데려갈 거야. 보리스는 바르셀로나에서는 빨갱이들이랑, 폴란드에서는 게슈타포랑 일하면서 탁월한 실력을 발휘했어. 재능이 천부적이야. 보리스가 한 일에는 늘 독특한 특징이 남아. 가볍지만 그럴싸해. 온화하게 생긴 작은 친구로, 안경을 쓰고 있어. 도서관 사서 같지. 나는 보리스를 부다페스트에 있는 터키탕에서 만났어."

금발 멕시코 소년이 카트를 밀고 지나갔다. 리가 입을 떡 벌린 채 말했다. "세상에! 금발 멕시코인이네! 퀴어인 것만큼이나 있을 수 없는 일이야. 어쨌든, 그래 봐야 멕시코인일 뿐이지. 술 마시자."

* * *

며칠 뒤, 두 사람은 버스를 타고 떠났다. 파나마시티에 도착할 즈음, 벌써 앨러턴은 리가 욕구를 채우려 너무 보챈다고 불평하고 있었다. 그것만 빼면, 두 사람은 아주 잘 지냈다. 이제 리는 밤낮을 관심의 대상과 함께 보낼 수 있었다. 혀를 날름대는 공허와 공포에서 벗어난 기분이었다. 그리고 앨러턴은 이해가 빠르고 조용해서, 여행 동반자로 좋았다.

7장

두 사람은 파나마에서 키토로 날아갔다. 작은 비행기는 구름 위로 올라가기도 벅찼다. 승무원이 산소를 꽂았다. 리는 산소 호스를 얼핏 보았다. "끊어졌잖아!" 몸서리치며 말했다.

바람 불고 차가운 여명에 키토로 차를 타고 왔다. 100년은 된 듯한 호텔. 높은 천장에 검은 대들보가 놓인, 흰색 회벽 방. 두 사람은 침대에 앉아 떨고 있었다. 리는 약간의 금단 증상을 보였다.

두 사람은 도시 중앙 광장을 돌아다녔다. 리가 약국으로 들어갔다. 처방전 없이는 아편 팅크를 주지 않았다. 더러운 거리에는 높은 산맥에서 불어오는 차가운 바람에 쓰레기가 날아다녔다. 사람들이 암울한 침묵 속에 지나갔다. 담요로 얼굴을 가린 사람도 많았다. 낡은 삼베 자루 같은 더러운 담요를 아무렇게나 걸친, 섬뜩하고 볼썽사나운 노파들이 교회 담을 따라 늘어서 있었다.

"잘 들어. 난 네가 만난 샌님들하고 달라. 여자는 쓸모없다는 뻔한 소리를 한 사람도 있겠지. 난 아니야. 저 세뇨리타들 중에 하나를 골라서 호텔로 곧장 데려가."

앨러턴은 리를 보았다. "오늘은 여자랑 자겠어요."

"그래, 그렇게 해. 이 지저분한 곳에서 썩 아름다운 여자는 보기 힘들지만, 그렇다고 젊은 남자들이 기가 꺾이진 않겠지. 서른이 되기 전까지는 못생긴 여자란 본 적 없다고 말한 게 프랭크 해리스였던가? 사실, 그건……. 호텔로 가서 한잔하자."

* * *

호텔 바에도 바깥 바람이 들어왔다. 검은 가죽 시트가 깔린 참나무 의자. 두 사람은 마티니를 주문했다. 값비싼 갈색 개버딘 슈트를 입은 미국인이 불쾌한 얼굴로 80평방킬로미터 땅 계약을 이야기하고 있었다. 리 맞은편에는 유럽 스타일로 재단된 검정 슈트를 입은 에콰도르 남자가 코가 길고 볼이 붉게 달아오른 얼굴로 커피를 마시며 달콤한 케이크를 먹고 있었다.

리는 칵테일 예닐곱 잔을 마셨다. 시간이 흐를수록 몸이 더욱 아팠다. 앨러턴이 제안했다. "대마초를 좀 피우지그래요? 그게 좋겠어요."

"좋은 생각이야. 방으로 올라가자."

리는 발코니에서 대마초 한 개비를 피웠다. "세상에. 발코니만 나가도 추워." 리가 방으로 들어오면서 말했다.

"'……아름다운 옛 식민 도시 키토에 어스름이 젖어들고 그 시원한 바람이 안데스산맥에서 슬몃슬몃 흘러들 때면, 저녁의 신선함 속으로 걸어 나가서 중앙 광장을 내려다보는 16세기 교회 담을 따라 색색의 전통 의상을 입고 앉아 있는 아름다운 시뇨리타들을 보라……' 그런 기사를 쓴 놈을 해고했지. 신문 여행 면에도 한계는 있어…….

티베트도 이럴 거야. 높고 춥고, 못생긴 사람, 야마, 야크가 가득해. 아침에는 야크유, 점심에는 야크 커드, 저녁에는 야크 버터에 구운 야크 고기. 내 생각에는 야크한테 어울리는 처벌이야.

맑은 날에 바람을 타고 20킬로미터 떨어져 있는 성자의 냄새도 맡을 수 있을걸. 가만히 앉아서 낡은 염주를 징글징글하게 돌리고 있지. 낡은 삼베 포대를 휘감고, 포대로 가리지 못해서 드러난 목에는 빈대들이 기어다녀. 코는 완전히 썩어 문드러졌어. 코브라가 침을 뱉듯 콧구멍으로 빈랑을 뱉어……. 그 동양의 지혜를 들려주시오.

그러면 성자랑 그 성자를 인터뷰하러 온 방송 기자 잡년 이야기를 해 볼까. 성자는 빈랑을 씹으며 가만히 앉아 있어. 조금 뒤에 성자가 종자한테 말해. '성스러운 우물로 내려가서 고통을 가라앉히는 물을 한 국자 퍼 오거라. 동양의 지혜를 짜내야 해. 허리끈이 휘날리게 달려갔다 와!' 그런 다음 성자는 프로스타글란딘을 마시고 가벼운 최면 상태에 들어서 우주와 접촉해. 우리도 마약에 취해서 그래 본 경험이 있으니 충분히 그런 상태를 상상할 수 있지. 기자가 말해. '성자시여, 러시아와 전쟁이 일어날까요? 공산주의가 문명사회를 파괴할까요? 영혼은 불멸인가요? 신은 존재하나요?'

성자는 눈을 뜨고 입술을 꽉 오므린 뒤 두 콧구멍으로 빨간 빈랑즙을 길게 두 줄로 뽑아내. 빈랑즙은 입으로 흘러내리고, 성자는 백태 낀 긴 혀로 그 즙을 다시 핥아. 그러고는 말해. '젠장, 내가 그걸 어떻게 알아?' 제자가 말해. '들었죠? 이제 끝났습니다. 성자께서는 명상하셔야 하니 방해하면 안 됩니다.' 생각해 봐. 그게 동양의 지혜야. 서양인은 동양이 비밀을 밝힐 수 있을 거라 생각하지. 동양은 말해. '젠장, 내가 그걸 어떻게 알아?'"

* * *

그날 밤 리는 유형지에 있는 꿈을 꾸었다. 주변에는 온통 높은 민둥산. 리는 한 번도 따뜻한 적 없는 하숙집에서 살고 있다. 산책하러 나온다. 모퉁이를 돌아 더러운 자갈길로 접어들자 차가운 산바람이 몰아친다. 가죽 재킷 벨트를 동여매고 궁극적 절망을 차갑게 느낀다.

리는 잠에서 깨어나 앨러턴을 불렀다. "진, 안 자고 있어?"

"예."

"추워?"

"예."

"옆에 가도 돼?"

"아아, 뭐, 그래요."

리가 앨러턴 옆에 누웠다. 리는 추위와 금단 증상으로 떨고 있었다.

앨러턴이 말했다. "온몸을 벌벌 떨고 있네요." 리는 금단 증상으로 인한 충동적인 욕정에 경련하며 앨러턴의 몸에 몸을 바짝 붙였다.

"이런 세상에, 손이 차가워요."

앨러턴은 모로 누워서 한쪽 다리로 리의 몸을 감싼 채 잠들었다. 리는 앨러턴이 잠에서 깨어 자세를 바꾸지 않도록 꼼짝도 않고 누워 있었다.

* * *

이튿날 리는 정말 아팠다. 두 사람은 키토를 돌아다녔다. 리는 키토를 더 많이 볼수록 기운이 더 빠졌다. 고원 지대이고 길은 좁았다. 앨러턴이 높은 연석에서 내려서자마자 자동차가 앨러턴을 스치고 지나갔다. 리가 말했다. "안 다친 게 천만다행이네. 이 도시에 갇혀 있으면 끔찍할 거야."

두 사람은 작은 커피숍에 앉았다. 커피숍에는 망명한 독일인 몇 명이 비자와 기간 연장, 취업 허가 등에 대해 이야기하고 있었다. 리와 앨러턴은 옆 테이블에 있는 남자와 대화를 시작했다. 야윈 금발 남자는 관자놀이 부분이 함몰되어 있었다. 차가운 고산 햇살은 남자의 약하고 황폐해진 얼굴을 덮고 닳은 나무 바닥 위의 흠집 난 참나무 테이블 위로 쏟아졌으며, 리는 그 햇살 아래에서 남자의 파란 힘줄이 팔딱거리는 것을 볼 수 있었다. 리는 남자에게 키토를 좋아하느냐고 물었다.

"사느냐 죽느냐, 그것이 문제로다. 좋아하지 않으면 안 될 처지죠."

두 사람은 커피숍을 나와서 길을 올라가 공원으로 갔다. 바람과 추위로 발육이 저지된 나무들. 사내아이 몇이 작은 연못에서 노를 저으며 빙글빙글 돌고 있었다. 리는 소년들을 보았다. 욕망과 호기심으로 갈가리 찢겼다. 광란에 빠져 육체와 방과 벽장 들을 필사적으로 샅샅이 뒤지는 자신의 모습이 보였다. 계속되는 악몽이었다. 결국 수색의 끝은 텅 빈 방뿐. 차가운 바람에 리의 몸이 떨렸다.

앨러턴이 말했다. "커피숍에서 의사 이름을 물어보지그래요?"

"좋은 생각이야."

* * *

의사는 조용한 뒷골목, 노란 회벽 저택에 살았다. 유대인으로, 붉고 유한 얼굴에 영어가 유창했다. 리는 늘 하던 대로 이질 증세를 늘어놓았다. 의사가 몇 가지를 질문했다. 처방전을 쓰기 시작했다. 리가 말했다. "가장 잘 듣는 처방은 아편 팅크랑 비스무트제입니다."

의사가 웃었다. 한참 리를 바라보았다. 마침내 입을 열었다. "이제 진실을 털어놔요." 의사가 빙긋 웃으며 집게손가락을 쳐

들었다. "아편 중독이오? 나한테 털어놓는 게 나아요. 아니면 못 도와줘요."

리가 대답했다. "그래요."

의사가 말했다. "아하." 의사는 쓰고 있던 처방전을 구겨서 쓰레기통에 던졌다. 리에게 중독된 지 얼마나 됐는지 물었다. 리를 바라보면서 고개를 절레절레했다.

"어이쿠. 아직 젊네. 이런 습관은 끊어야 해요. 그러다가 인생 망쳐요. 이런 습관을 계속하는 것보다 지금 힘든 게 나아요." 의사는 한참 자애로운 표정으로 리를 보았다.

리는 생각했다. '세상에. 이 짓을 하려면 참아야 할 게 끝도 없다니까.' 리는 고개를 끄덕이고 말했다. "선생님, 지당한 말씀입니다. 그리고 저도 끊고 싶어요. 하지만 잠을 자야 해요. 내일 해변에 갈 계획입니다. 만타 해변요."

의사는 미소를 지은 채 의자 깊숙이 몸을 묻었다. "이런 습관은 끊어야 해요." 뻔한 말을 되풀이했다. 리는 멍하게 고개를 끄덕였다. 마침내 의사가 처방전에 손을 뻗었다. 팅크 3시시.

약국에서는 아편 팅크를 주었다. 3시시. 티스푼 하나도 채우지 못하는 양. 아무것도 아니다. 리는 항히스타민제 알약 한 병을 사서 한 줌을 먹었다. 그 약이 좀 도움이 되는 듯했다.

다음 날 리와 앨러턴은 비행기로 만타에 갔다.

* * *

만타의 콘티넨털 호텔은 대나무 쪽과 거친 판자로 지어졌다. 리는 방 벽에서 옹이구멍들을 보고, 종이로 구멍들을 막았다. 리가 앨러턴에게 말했다. "의심을 사서 추방되기는 싫어. 알다시피 난 금단 증상을 좀 겪고 있잖아. 그래서 성적으로 '아아아주' 흥분돼 있어. 옆방 사람들이 재밌는 광경을 목격할지도 몰라."

앨러턴이 말했다. "계약 위반과 관련해서 항의를 제기하고 싶어요. 당신 입으로 일주일에 두 번이라고 말했죠?"

"그랬지. 뭐, 계약이라는 게 어느 정도 융통성이 있지. 그렇지만 네 말이 맞아. 일주일에 두 번입니다, 폐하. 물론 그사이에 핫팬츠를 구하게 되면, 주저하지 말고 알려 줘."

"버저로 알릴게요."

* * *

물 온도는 리에게 꼭 맞았다. 차가운 물을 참을 수 없을 리였지만 물에 들어갔을 때도 전혀 충격이 없었다. 두 사람은 한 시간가량 수영을 했고, 그런 뒤에 해변에 앉아서 바다를 바라보았다. 앨러턴은 아무것도 하지 않은 채 몇 시간이고 앉아 있을 수 있었다. 앨러턴이 말했다. "저기 있는 저 보트는 아까부터 시동만 걸어 놓고 있네요."

리가 앨러턴에게 말했다. "난 시내로 가서 보데가[43]를 찾아서 코냑을 살래."

---

43) bodega. '술 가게'라는 뜻의 스페인어이다.

시내는 오래돼 보였다. 석회암을 깐 도로와 더러운 술집들은 뱃사람과 항구 노동자로 붐볐다. 구두닦이 소년은 리에게 '예쁜 여자'가 필요하지 않느냐고 물었다. 리는 소년을 보고 영어로 말했다. "아니. 나는 너도 필요 없어."

리는 무슬림 상인에게서 코냑 한 병을 샀다. 상인의 가게에는 없는 게 없었다. 선박용품, 공구, 총, 음식, 술. 리는 총 가격을 물어보았다. 30구경 레버 액션 윈체스터 카빈총이 300달러였다. 미국에서는 72달러면 살 수 있다. 상인은 총에는 세금이 높다고, 그래서 값이 비싸다고 말했다.

리는 해변을 따라 돌아갔다. 집들은 모두 나무틀에 대나무 쪽을 이어 지어졌다. 기둥 네 개가 땅에 곧장 박혀 있었다. 가장 간단한 집 짓는 방식. 땅속 깊이 무거운 기둥 네 개를 세우고 그 기둥에 못을 박아 집을 짓는다. 집 바닥은 땅에서 180센티미터 정도 위에 있다. 길은 진흙탕. 독수리 수천 마리가 집 위에 앉아 있다가 거리를 활보하며 작은 물고기를 쫀다. 리가 독수리 한 마리를 향해 발길질을 하자, 독수리는 화가 나서 꽥꽥거리며 날개를 퍼덕거렸다.

리는 술집을 지나갔다. 땅에 곧장 지어진 큰 건물에 있는 술집이었다. 리는 안으로 들어가서 한잔하기로 마음먹었다. 대나무 쪽 벽들이 소리를 내며 흔들렸다. 말랐지만 야무져 보이는 작은 중년 남자 둘이 외설적으로 맘보 동작을 함께하고 있었다. 두 사람은 활짝 미소를 지었다. 가죽 같은 얼굴 피부에 주름이 잡히고 이 없는 잇몸이 드러났다. 웨이터가 리에게 다가와서 미소를 지었다. 웨이터도 앞니가 없었다. 리는 작은 나무 벤치에 앉아서 코냑을 주문했다.

열여섯 살쯤 된 소년이 다가와서 리 옆에 앉더니 다정하고 허물없는 미소를 지었다. 리도 미소를 짓고 소년에게 청량음료를 사 주었다. 소년은 한 손을 리의 허벅지에 대고 음료를 사 주어 고맙다는 표시로 허벅지를 꽉 쥐었다. 소년의 이는 들쭉날쭉했다. 덧니가 서로 겹쳐 있었다. 그렇지만 어린 소년이었다. 리는 신중하게 소년을 바라보았다. 속을 알 수 없었다. 이 소년이 지금 유혹하는 신호를 보내는 걸까, 아니면 그저 친근감의 표시일까? 리는 라틴 아메리카 사람들이 신체 접촉에 까다롭지 않다는 사실을 알고 있었다. 사내아이들은 어깨동무하고 걸어 다닌다. 리는 태연히 대하기로 마음먹었다. 술을 다 마시고 소년과 악수한 뒤 호텔로 걸어갔다.

앨러턴은 아직 수영복과 노란 반팔 셔츠를 입고 베란다에 앉아 있었다. 셔츠가 저녁 바람을 맞아 앨러턴의 여윈 몸에서 퍼덕거렸다. 리는 호텔 주방으로 가서 얼음과 물, 유리잔을 가져왔다. 리가 앨러턴에게 무슬림 상인과 시내와 소년 이야기를 했다. "저녁 먹은 뒤에 그 술집을 더 깊이 파 보자."

앨러턴이 말했다. "그 어린 남자애들한테 애무를 당하자고요? 나라면 안 하겠어요."

리가 웃었다. 놀랄 만큼 기분이 좋았다. 항히스타민제 덕분에 금단 증상은 애써 생각하지 않으면 눈치채지 못할 정도로 희미하게 줄었다. 석양으로 붉게 물든 항구를 내다보았다. 크기가 갖가지인 보트들이 항구에 정박해 있었다. 리는 보트를 사서 해안을 오르내리며 항해하고 싶었다. 앨러턴도 좋아했다.

"에콰도르에 가서 야혜를 찾아야 해. 생각해 봐. 마인드컨트롤. 아무라도 골라서 입맛에 맞게 개조하는 거야. 누구건 거슬리는 면이 있으면 말만 하면 돼. '야혜! 저 판에 박힌 소리를 저놈 머릿속에서 없애 버려.' 우리 아기, 네 머릿속에도 바꿔 놓고 싶은 게 몇 가지 있는걸." 리는 앨러턴을 보면서 입맛을 다셨다. "몇 가지만 바꾸면 훨씬 더 착해질 거야. 물론 지금도 착해. 하지만 짜증스러운 사소한 버릇들이 있어. 내 말은, 네가 늘 내가 원하는 대로 행동하는 것만은 아니라는 뜻이야."

앨러턴이 물었다. "정말로 야혜 이야기가 사실이라고 생각해요?"

"러시아인들은 그렇게 생각하는 것 같아. 야혜가 자백하게 하는 약으로는 제일 효과적인 것 같아. 지금까지는 페요테[44]를 써 왔어. 페요테 한 적 있어?"

"아뇨."

"끔찍한 약이야. 먹었더니 죽고 싶을 만큼 구역질이 나더라. 토하고 싶은데 토할 수도 없어. 아주 괴로운 아스파라그라스인지 뭔지 여하튼 그런 거 알레르기 같아. 결국 페요테가 털뭉치처럼 단단하게 뭉쳐서 위로 올라오더니 내 목을 막아. 참을 수 없이 끔찍한 느낌이었어. 취하는 효과는 괜찮지만 그렇다고 그 불쾌감을 보상할 정도는 아니야. 눈가가 붓고 입술도 부풀고, 얼굴이나 감각이나 인디오처럼, 아니면 인디오가 그럴 것이라고 흔히 생각하는 것처럼 돼 버려. 그러니까 말이지, 원

---

44) Peyote. 페요테 선인장에서 채취한 마취성 약물이다.

시적으로 되는 거야. 사물의 색들이 더 진해지지만 납작하고 평면적이 돼. 모든 게 페요테 식물처럼 보여. 그 밑에는 악몽이 숨어 있어.

페요테를 하고 나면 꾸는 악몽이 있어. 다시 잠들 때마다 악몽이 꼬리를 물어. 이런 꿈도 꿨어. 내가 광견병에 걸렸어. 거울을 보는데 얼굴이 변하고 늑대처럼 울부짖기 시작해. 이런 꿈도 있어. 내가 엽록소 중독이 되는 거야. 또 다른 엽록소 중독자 다섯 명과 내가 마약 상인을 기다리고 있어. 우리는 녹색으로 변해서 엽록소를 끊을 수가 없어. 한 방이면 완전히 녹아내리지. 우리는 식물로 변하고 있어. 정신병에 대해서 뭐라도 아는 거 있어? 조현병은?"

"별로 없어요."

"조현병 사례 중에는 '자동 복종'이라고 알려진 현상이 있어. 내가 '혀 내밀어.'라고 말하면 넌 복종하지 않을 수 없는 거야. 내가 말하면, 아니, 어떤 사람이 말하더라도 넌 그대로 따라야 해. 그림이 그려져? 멋진 그림이지. 물론 명령을 내리는 사람이 자신이어야 멋진 그림이 되지. 자동 복종. 합성 인공 조현병. 명령하기 위한 대량 생산품. 그게 러시아의 꿈이야. 미국도 그리 별다르지 않고. 두 나라 관료들이 바라는 건 똑같아. 통제. 초자아, 즉 통제 기관은 광포해졌고 치료가 불가능해. 우연히도, 조현병이랑 텔레파시는 연관이 있어. 조현병이 있는 사람은 텔레파시에 아주 민감해. 그렇지만 전적으로 '수신자'지. 연관성을 알겠어?"

"그렇지만 야혜를 봐도 그게 야혜인지 알아볼 수 없잖아요?"

리는 잠시 생각했다. "이런 생각은 정말 하기 싫지만, 키토로 돌아가서 그곳 식물 연구소에 있는 식물학자와 이야기를 나눠야 하겠군."

"키토에는 절대 안 가요." 앨러턴이 말했다.

"나도 당장 가겠다는 건 아냐. 좀 쉬어야 하고 이렇게 멀리 있는 동안에 기회를 다 누려 보고 싶어. 너는 안 가도 돼. 해변에 그냥 있어. 이 아빠가 가서 정보를 얻어 올게."

8장

두 사람은 만타에서 과야킬로 비행기를 타고 갔다. 홍수로 육로가 막혀서 비행기나 배로 갈 수밖에 없었다.

과야킬은 강을 따라 세워진 도시로, 공원과 광장과 동상이 많다. 공원에는 열대 나무와 관목과 덩굴이 가득했다. 그 높이만큼이나 넓게 퍼진 나무 한 그루가 우산처럼 잎을 펼치고 돌 벤치에 그늘을 드리우고 있다. 사람들은 많은 시간을 앉은 채로 보낸다.

리는 어느 아침 일찍 일어나서 시장에 갔다. 시장은 사람들로 붐볐다. 흥미롭게 다양한 인종. 흑인, 중국인, 인도인, 유럽인, 아랍인, 구분하기 힘든 사람. 리는 중국인과 흑인의 피가 섞인 아름다운 소년들을 보았다. 이가 하얗고 아름다운, 호리호리하고 우아한 소년들.

곱사등이가 가느다란 다리로 서서 조악한 대나무 팬파이프를 연주하고 있었다. 고산 지대의 슬픔이 깃든 비탄에 찬 동양 음악. 그 깊은 슬픔 속에는 감상주의가 끼어들 여지가 없다. 정말이지, 산맥처럼 그 자체로 궁극적이다. 정말 그렇다. 그 슬픔을 깨달으면 불평은 할 수 없다.

연주자 주변에 사람들이 몰려 있었다. 잠시 음악을 듣고는 다시 제 갈 길로 갔다. 리는 작은 얼굴에 피부가 팽팽한 젊은 남자를 보았다. 꼭 머리가 오그라든 듯싶었다. 몸무게가 40킬로그램을 넘을 리 없었다.

연주자는 가끔 기침했다. 누가 혹을 건드리면 검게 썩은 이를 드러내며 으르렁거렸다. 리는 동전 몇 푼을 주었다. 걸어가면서 지나치는 얼굴 하나하나를 바라보고, 문들을 보고, 싸구려 호텔의 창들을 올려다보았다. 밝은 분홍색으로 칠한 철제 침대틀, 말리려고 내건 셔츠…… 삶의 부스러기들. 리는 유리 벽에 가로막혀 먹이를 바라보기만 해야 하는 육식 물고기처럼 걸신들린 듯 그 모두를 눈에 넣었다. 자신의 꿈을 찾는 악몽을 꾸듯 유리에 계속 코를 처박지 않을 수 없었다. 그리고 결국 늦은 오후 햇살 속 먼지 낀 방에 낡은 구두 한 짝을 손에 든 채 서 있었다.

에콰도르 전체와 마찬가지로 이 도시 역시 기묘하게 불가해한 인상을 풍겼다. 리는 여기서 무슨 일이 벌어지고 있음을, 눈에 띄지 않는 기저의 삶이 있음을 느꼈다. 이곳은 고대 치무족[45]의 도기 제조 지역이었다. 식탁용 소금 통과 물병이 이

---

45) Chimu. 페루 북부 해안에 사는 아메리카 인디오의 한 부족으로, 잉카

루 말할 수 없이 외설적이었다. 남자 둘이 엎드려서 남색하는 모습이 냄비 손잡이 장식으로 달려 있었다.

한계가 없을 때 무슨 일이 일어날까? '무슨 일이든 허용되는 땅'의 운명은 무엇일까? 거대한 지네로 변하는 남자들……. 집을 둘러싸는 지네들……. 소파에 묶인 남자와 그 위로 몸을 곧추세운 3미터 길이의 지네……. 이것이 사실 그대로일까? 섬 뜩한 변형이 일어났을까? 지네 심벌의 의미는 무엇일까?

리는 버스를 타고 종점까지 갔다. 다른 버스로 갈아탔다. 강으로 가서 소다수를 마시며, 더러운 강물에서 헤엄치는 소 년들을 보았다. 녹갈색 물에서 이름 모를 괴물들이 솟아오를 듯한 강이었다. 리는 맞은편 강둑 위를 달려가는 60센티미터 길이의 도마뱀을 보았다.

시내로 다시 걸어왔다. 모퉁이에서 무리를 지은 소년들을 지나쳤다. 그중 하나가 어찌나 아름다운지, 그 영상이 철사 채 찍처럼 리의 감각을 베었다. 리의 입술에서 의지와 상관없이 신음이 희미하게 흘러나왔다. 리는 도로 표지판을 보는 척하 며 돌아보았다. 그 소년은 농담을 들었는지 웃고 있었다. 행복 하고 쾌활한, 높은 음의 웃음. 리는 계속 걸어갔다.

열두 살에서 열네 살까지 되어 보이는 소년 예닐곱 명이 항 구 쓰레기 더미에서 놀고 있었다. 소년 하나가 말뚝에 대고 오 줌을 누면서 다른 아이들에게 미소를 지었다. 소년은 리의 존 재를 알아차렸다. 이제 아이들의 놀이는 놀리는 느낌을 바탕

인에게 정복당하기 전까지 고도로 발달한 문화를 가지고 있었다.

에 깔고 공공연히 성적인 분위기를 띠었다. 아이들은 리를 보고 휘파람을 불며 웃었다. 리는 대놓고 소년들을 보았다. 벌거벗은 욕정의 차갑고 격렬한 시선. 무한한 욕망 때문에 찢어지는 통증을 느꼈다.

리는 한 소년에게 초점을 맞추었다. 다른 소년들과 항구는 암전되고 그 소년만 망원경으로 보는 듯, 선명하고 확실한 영상. 소년은 어린 짐승처럼 생명력이 진동했다. 활짝 핀 웃음에 하얗고 날카로운 이가 드러났다. 리는 소년의 찢어진 셔츠 아래에서 그 가녀린 몸을 얼핏 보았다.

리는 그 소년이 된 자신을 느낄 수 있었다. 단편적인 기억들⋯⋯. 햇볕에 말리는 코코아 콩 냄새, 대나무 집, 따뜻하고 더러운 강, 마을 외곽의 늪과 쓰레기 더미. 다른 소년들과 함께 버려진 집 돌바닥에 앉아 있었다. 지붕은 사라지고 없었다. 돌벽은 무너지는 중이었다. 잡초와 덩굴이 벽을 타고 자라서 바닥으로 뻗어 있었다.

소년들이 찢어진 바지를 벗고 있었다. 리도 앙상한 엉덩이를 쳐들고 바지를 내렸다. 돌바닥의 감촉이 느껴졌다. 바지는 발목에 걸쳤다. 리가 양 무릎을 하나로 꽉 모으고 있어서, 소년들이 무릎을 떼려 애쓰고 있었다. 리가 굴복하자, 소년들은 무릎이 벌어져 있도록 잡고 있었다. 리는 소년들을 보고 미소를 지었다. 그리고 자기 손으로 자기 배를 훑고 내려갔다. 일어서 있던 또 다른 소년 하나가 바지를 내리고 엉덩이에 양손을 댄 채 그대로 서서, 발기한 성기를 내려다보았다.

한 소년이 리 옆에 앉아서 리의 다리 사이로 손을 뻗었다.

리는 뜨거운 태양 속에서 암전된 오르가슴을 느꼈다. 몸을 쭉 뻗고 한쪽 팔로 두 눈을 가렸다. 다른 소년이 리의 배에 얼굴을 댔다. 리는 그 소년 얼굴의 온기를 느낄 수 있었다. 머리카락이 배를 스치자 조금 간질거렸다.

이제 리는 대나무 집에 있었다. 등잔불에 한 여자의 몸이 드러났다. 리는 다른 사람의 몸을 통해서 그 여자에 대한 욕망을 느낄 수 있었다. 리가 생각했다. '내가 퀴어가 아니네. 육신에서 분리됐어.'

리는 계속 걸어가며 생각했다. '어쩌지? 호텔로 데려가? 그 아이들은 기꺼이 오겠지. 몇 수크레면……' 리는 자신이 하고 싶은 대로 하지 못하게 막는 어리석고 평범하며 불만투성이인 사람들에게 죽이고 싶을 만큼 증오를 느꼈다. 리는 혼잣말을 했다. "언젠가 내가 바라는 대로 할 테야. 나한테 조금이라도 격하게 반대하는 도덕적인 개자식이 있으면, 그놈 시체를 강에서 건지게 될걸."

리의 계획에는 강이 끼어 있었다. 강에서 내키는 대로 살 계획. 직접 쓸 대마초와 양귀비와 코카인을 재배하고, 원주민 소년을 다용도 하인으로 둔다. 탁한 강에 배들을 매어 둔다. 부레옥잠이 엄청나게 많이 떠 있다. 강 너비가 800미터는 족히 된다.

리는 작은 공원으로 걸어갔다. 공원에는 리가 '자유를 주는 바보'라 부른 볼리바르[46]가 다른 사람과 악수하는 동상이 있

---

46) Simón Bolívar. 베네수엘라의 정치가이자 장군이다.

었다. 두 사람 다 피곤하고 넌더리 난 모습이고, 보는 사람이 어지러울 만큼 동성애 분위기를 어지럽게 풍겼다. 리는 걸음을 멈추고 동상을 보았다. 그런 다음, 강을 마주하고 놓인 돌 벤치에 앉았다. 리가 앉을 때 모두가 리를 보았다. 리도 시선을 피하지 않았다. 낯선 사람의 시선을 못마땅하게 여기는 미국인의 특성이 리에게는 없었다. 사람들은 다시 고개를 돌린 뒤 담뱃불을 붙이고 대화를 계속했다.

리는 가만히 앉아서 누렇고 탁한 강물을 보았다. 수면 1센티미터 아래도 보이지 않았다. 때때로 작은 물고기가 보트 앞에서 폴짝였다. 요트 클럽에서 나온 깔끔하고 값비싼 요트들도 있었다. 통나무를 파서 만든 돛대가 있고 선체 선이 아름다운 요트들이었다. 선체 밖에 모터가 달려 있고 대나무 쪽으로 선실을 만든 통나무배들도 있었다. 강 중앙에는 낡고 녹슨 전함 두 척이 정박해 있었다. 에콰도르 해군 전함이었다. 리는 한 시간을 꼬박 그대로 앉아 있었다. 그런 다음, 일어서서 호텔로 걸어갔다. 3시였다. 앨러턴은 아직 침대에 있었다. 리는 침대 끝에 걸터앉았다. "진, 3시야. 일어나야지."

"왜요?"

"침대에서 인생을 허비하고 싶어? 어서 나와서 나랑 같이 시내를 뒤지자. 항구에서 아름다운 소년들을 봤어. 진짜 다듬어지지 않은 멋진 소년들이야. 그 치아, 그 미소. 삶에 진동하는 어린 소년들이야."

"알았어요. 허튼소리 그만해요."

"그 소년들은 내가 원하는 걸 갖고 있어. 그게 뭔지 알아?"

"아뇨."

"물론 남자다움이야. 나도 갖고 있지. 나는 다른 사람을 원하는 만큼이나 나 자신을 원해. 난 육체에서 이탈했어. 무엇 때문인지 내 몸을 쓸 수 없어." 리가 손을 내밀었다. 앨러턴은 몸을 홱 뺐다.

"왜 그래?"

"손을 내 가슴에 대려는 줄 알았어요."

"난 그런 짓 안 해. 내가 퀴어인 줄 알아?"

"솔직히, 그래요."

"네 가슴이 멋지긴 해. 부러진 갈비뼈 좀 보여 줘. 여기던가?" 리는 앨러턴의 갈빗대에 손을 대고 중간까지 쓸어내렸다. "아니면 더 아래던가?"

"이런, 저리 가요."

"그렇지만 진……. 난 그럴 자격이 있어, 알다시피."

"예, 그건 나도 인정해요."

"오늘 밤까지 기다리는 게 더 좋다면야 물론 나도 그 편이 좋아. 이 열대의 밤은 정말 로맨틱해. 그러니까 우리도 열두 시간쯤 시간을 들여서 제대로 할 수 있을 거야." 리는 앨러턴의 배에 손을 미끄러뜨렸다. 앨러턴이 조금 달떴다.

앨러턴이 말했다. "지금이 더 나을지도 모르겠네요. 알다시피 나는 혼자 자는 게 더 좋아요."

"그래, 알아. 너무 아깝지. 내가 내 뜻대로 했다면 밤마다 우리는 겨울잠을 자는 방울뱀들처럼 서로 휘감고 잤을걸."

리는 옷을 벗었다. 앨러턴 옆에 누웠다. 리가 아기 말투로 말했다. "우디 두디 가치 아주 엄청나게 마구 엉망으로 놀면 디게 쪼치 않을까?" 그리고 덧붙였다. "내가 너무 끔찍하게 굴고 있나?"

"정말 그래요."

앨러턴은 평소와 달리 격정적인 반응을 보여서 리를 놀라게 했다. 절정에 이르자 리의 가슴을 꽉 조여 안았다. 깊게 한숨을 쉬고 눈을 감았다.

리는 엄지손가락으로 앨러턴의 눈썹을 쓰다듬었다. 리가 물었다. "이렇게 하는 거 싫어?"

"끔찍하게 싫진 않아요."

"그래도 가끔은 너도 즐기지? 이것 말고 전부 말이야."

"아, 그럼요."

리는 한쪽 뺨을 앨러턴의 어깨에 대고 똑바로 누웠다. 그리고 잠들었다.

* * *

리는 과야킬을 떠나기 전에 여권을 신청하기로 마음먹었다. 대사관에 들르기 위해서 옷을 갈아입으며 앨러턴에게 말했다. "높은 구두를 신으면 안 되겠지. 영사는 아마 우아한 호모일 거야. ……'어머나, 믿어져? 높은 구두야. 갈고리 모양의 후크가 달린 진짜 구식 구두라니까. 구두에서 눈을 못 떼겠더라. 그 작자가 뭘 원하는지 전혀 알 수가 없어서 겁나더라.' 국무부에서 퀴어를 일소한다는 이야기를 들었어. 그렇게 되면 해

골들만 데리고 일해야 할걸……. 아, 저기 있군." 리는 낮은 구두를 신었다. "상상해 봐. 영사한테 다가가서 대뜸 밥 먹을 돈을 달라고 하는 거야……. 영사는 네가 책상에 죽은 바닷가재라도 떨어뜨린 듯이 주춤하면서 향수 뿌린 손수건으로 입을 가릴걸. '파산했군요! 나한테 와서 그 메슥거리는 사실을 폭로하는 이유가 뭔지 정말 모르겠네요. 남을 배려하는 태도를 조금이라도 보여야 하지 않겠어요? 이런 일이 얼마나 불쾌한지 제발 좀 깨달아요. 자긍심이라고는 없어요?'"

리는 앨러턴을 향해 돌아섰다. "내 모습 어때? 너무 잘 보이고 싶지는 않아. 그러면 영사가 나랑 자려고 할 테니까. '네가' 가는 게 나을지도 모르겠다. 그럼 내일이면 여권을 얻을 텐데."

* * *

"이것 좀 들어 봐." 리는 《과야킬》 신문을 읽고 있었다. "살리너스에서 열리는 결핵 퇴치 회의에 파견된 페루인이 커다란 지도들을 회의석상에 들고 나왔는데, 거기엔 1939년 전쟁에서 페루에 점령됐던 에콰도르 땅이 표시됐나 봐. 에콰도르 의사들은 손목시계 시곗줄에 페루 병사들의 쭈글쭈글한 대가리들을 매달아서 빙빙 돌리며 회의에 가겠네."

앨러턴은 바다의 늑대들로 알려진 에콰도르인들의 영웅적인 전투에 관한 기사를 본 적이 있었다.

"뭐요?"

"여기 써 있는 대로야. '로보스 델 마르.'[47] 총이 더 이상 작동하지 않는데도 그 총을 굳게 믿는 장교가 있는 것 같아."

"내가 보기에는 우직한 사람인걸요."

* * *

두 사람은 라스플라야스에서 배를 구하기로 했다. 라스플라야스는 추웠다. 흙탕물에, 물살도 셌다. 황량한 중급 휴양지였다. 음식은 끔찍했고, 음식을 생각하지 않더라도 방은 하숙집이나 다름없었다. 점심을 먹어 보았다. 소스도, 다른 무엇도 없는 쌀밥 한 접시. 앨러턴이 말했다. "먹기 괴로워요." 부드러운 흰 나무 같은 알 수 없는 섬유질 재료가 위에 떠 있는 맛없는 수프. 메인 코스는 사람이 먹을 수 있다고 생각하기 힘든, 이름을 알 수 없는 고기였다.

리가 말했다. "주방장이 주방에 바리케이드를 쳐 놓았어. 가는 홈으로 음식을 흘려보내고 있어." 실제로 음식은 문에 난 작은 구멍에서 나오고 있었다. 문 뒤, 어둡고 연기 자욱한 방이 아마도 조리실인 듯했다.

두 사람은 하루만 묵고 살리나스에 가기로 마음먹었다. 그날 밤 리는 앨러턴 옆에서 자고 싶었지만, 앨러턴이 거부했다. 이튿날 아침 리는 마지막 이후로 너무 급히 요구해서 미안하다고, 계약 위반이었다고 말했다.

---

47) Lobos del Mar. '바다의 늑대들'이라는 뜻의 스페인어이다.

앨러턴이 말했다. "아침 밥상에서 사과하는 사람은 싫어요."

리가 말했다. "너도 불공평하게 이용하고 있지 않아? 나는 중독자가 아닌데 옆에 금단 증상을 겪는 사람이 있다고 치자. 그 사람에게 이렇게 말하는 거야. '진짜 아파? 네가 왜 역겨운 몸 상태를 나한테 얘기하는지 모르겠다. 최소한이라도 체면이 있으면 아무리 아파도 혼자 견뎌야지. 네가 재채기하고 하품하고 토하는 걸 옆에서 보는 게 얼마나 역겨운지 너도 알아야 해. 내 눈에 안 띄는 데로 가면 안 돼? 넌 모르지? 네가 얼마나 비위에 거슬리는지, 얼마나 혐오스러운지. 자존심도 없어?'"

앨러턴이 말했다. "이 얘기야말로 불공평해요."

"공평한 얘기를 하려는 게 아냐. 그저 널 즐겁게 하려는 장광설이었어. 그래도 진실은 조금 담겨 있지. 아침밥이나 얼른 다 먹어. 살리나스로 가는 버스 놓칠라."

* * *

살리나스는 고급 휴양지답게 조용하고 고상한 분위기가 도는 곳이었다. 두 사람이 도착한 때는 비수기였다. 두 사람은 수영하러 가서야 비수기임을 알았다. 여름철에는 훔볼트 해류 때문에 물이 차가웠다. 앨러턴은 물에 발을 담그고 말했다. "차갑기만 해요." 그리고 물로 들어가지 않았다. 리는 물에 뛰어들어 몇 분 동안 수영을 했다.

살리나스에서는 시간이 빨리 흐르는 듯했다. 리는 점심을 먹고 해변에 누워 있었다. 한 시간, 아니 길어야 두 시간이 지난 것 같았지만 하늘에 낮게 걸린 해가 보였다. 6시였다. 앨러턴도 같은 경험을 했다고 털어놓았다.

* * *

리는 야헤에 대한 정보를 모으러 키토로 갔다. 앨러턴은 살리나스에 머물렀다. 리는 닷새 뒤에 돌아왔다.

"인디오들은 야헤를 아야와스카라고 불러. 학명은 반니스테리아 카아피야." 리는 침대에 지도를 펼쳤다. "안데스산맥에서 아마존강 쪽의 고원 정글에서 자라. 우리는 푸요로 갈 거야. 육로는 거기가 끝이야. 인디오랑 거래할 수 있는 사람을 푸요에서 찾을 수 있을 것 같아. 그러면 야헤를 구할 수 있겠지."

* * *

두 사람은 과야킬에서 하룻밤을 보냈다. 리는 저녁을 먹기 전에 취해서, 영화를 보는 동안 잠들었다. 두 사람은 아침 일찍 출발하기 위해서 호텔로 돌아갔다. 리는 잔에 브랜디를 따르고 앨러턴의 침대에 걸터앉았다. "오늘 멋져 보이네." 안경을 벗으며 말했다. "가볍게 키스 한번 어때? 응?"

"이런, 저리 가요." 앨러턴이 말했다.

"알았어, 시키는 대로 하지. 시간은 많아." 리는 잔에 브랜디를 더 따르고 자기 침대에 누웠다.

"있지, 진, 이 궁벽한 나라에는 가난한 사람들만 있는 게 아니야. 부유한 사람들도 있어. 키토로 가는 기차에서 그런 사람들을 봤어. 그 사람들 뒷마당에는 자가용 비행기도 있을걸. 비행기에 텔레비전이랑 라디오, 골프 클럽, 테니스 라켓, 공기총을 싣겠지. 그리고 다른 잡동사니들 위에 상으로 받은 인도소도 올리려고 하겠지. 결국에는 비행기가 땅에서 떠오르지도 못해.

작고 불안정하고 저개발된 나라야. 내가 생각한 그대로 경제가 구성되어 있어. 날재료, 목재, 음식, 노동력, 임대료 등은 전부 아주 싸. 공산품은 전부 아주 비싸. 수입 관세 때문이야. 저 사람들은 관세가 에콰도르 산업을 보호할 거라고 생각하는 거지. 에콰도르에는 산업이랄 게 없어. 여기서 생산되는 건 아무것도 없어. 생산할 수 있는 사람도 생산을 안 해. 여기에 돈이 묶이는 걸 원하지 않으니까. 되도록이면 미국 달러로 현금 더미를 들고 당장 떠날 준비를 갖추는 게 이 사람들 바람이야. 이 사람들은 심하게 불안에 떨어. 부유한 사람들은 대개 겁먹고 있어. 나도 이유는 몰라. 죄책감과 연관이 있을 거라고 생각해. 키엔 사베.[48] 난 독재자를 정신 분석하려는 게 아니야. 인간으로 보호하려는 거야. 당연히 대가가 따르겠지. 이 나라에 필요한 건 국가 보안을 담당할 조직이야. 약자를 계속 밑에 둬야 하니까."

앨러턴이 말했다. "그래요, 의견도 획일화해야죠."

"의견! 우리가 지금 뭘 하는 거야? 토론회라도 해? 나한테

---

48) Quién sabe. '알 게 뭐야'라는 뜻의 스페인어이다.

일 년만 여유를 줘 봐. 사람들이 아무 의견도 못 갖게 만들 테니. '자 여러분, 맛있는 생선 대가리 스튜와 쌀밥과 올레오 마가린을 먹고 싶으면 여기서 줄을 서세요. 아편으로 자유롭게 내달리는 이성을 얻고 싶으면 저쪽으로 나오세요.' 그런 뒤에 줄에서 빠져나오는 사람이 있으면 그 취한 중독자들을 잡아들이는 거지. 그놈들은 모두 바지에 똥을 싸면서 쓰러져 있을 걸. 움직일 기운도 없을 테니까. 먹는 습관은 사람이 가질 수 있는 가장 나쁜 습관이야. 또 다른 음모는 말라리아야. 몸을 쇠약하게 하는 고통은 혁명적인 생각을 희석시키는 데 안성맞춤이지."

리는 미소를 지었다. "늙은 휴머니스트 독일인 의사를 상상해 봐. 내가 말하지. '저기, 선생님, 선생님께서는 여기서 말라리아에 대단한 일을 하셨습니다. 발생률을 거의 제로로 만드셨어요.'

'아, 그래요. 우리는 최선을 다하고 있죠. 여기, 그래프의 선이 보이죠? 우리가 치료 프로그램을 실행한 이후 지난 십 년 동안 말라리아 발생률을 나타내는 선입니다.'

'그렇군요, 선생님. 그런데 있죠, 저는 그 선이 처음 시작한 곳으로 돌아간 걸 보고 싶어요.'

'아이고, 그런 말을 하면 안 되죠.'

'또 있어요. 선생님이 몸을 특히 허약하게 만드는 십이지장충의 균주를 수입할 수 없는지 확인하고 싶어요.'

산악 지대 사람들을 이동하지 못하게 하려면 담요만 없애면 돼. 냉동 도마뱀 사업밖에는 할 수 없게 만드는 거지."

리의 방에서 옆 객실과 맞붙은 안쪽 벽에는 환기를 위해서 천장부터 아래로 90센티미터 정도 틈이 있었다. 옆 객실 안쪽에는 창이 없었기 때문이다. 옆 객실에 있는 사람이 스페인어로 리에게 조용히 하라고 말했다.

리가 풀쩍 뛰어오르면서 말했다. "이런, 입 닥쳐! 담요로 이 틈을 막아 버리겠어! 빌어먹을 공기가 안 통하게 해 버리겠어! 너희는 내 허락을 받아야만 숨을 쉴 수 있어. 안쪽 방에서 지내고 있잖아. 창 없는 방. 그러니까 분수를 알고 가난에 찌든 그 주둥이 당장 닥쳐!"

옆 객실에서는 대답으로 '칭가스'와 '카브로네스'가 이어졌다.

리가 말했다. "옴브레, 엔 돈데 에스타 수 쿨투라?"[49]

앨러턴이 말했다. "그만 잡시다. 피곤해요."

---

49) Hombre, en dónde está su cultura? '이봐, 예의라고는 없어?'라는 뜻의 스페인어이다.

9장

바바오야로 가는 강배를 탔다. 해먹에 누워 흔들리고, 브랜디를 홀짝이고, 옆으로 펼쳐지는 정글을 바라보았다. 샘, 이끼, 아름답고 맑은 시내, 60미터 높이로 솟아 있는 나무. 배가 윙윙대는 모터 소리를 내며 정글의 적막을 뚫고 상류로 돌진하는 동안 리와 앨러턴은 침묵을 지켰다.

바바오야에서 두 사람은 안데스를 지나 암바토로 가는 버스를 탔다. 춥고 덜컹거리는 열네 시간의 버스 여행이었다. 수목 한계선 위, 산길 정상에 있는 오두막에서 간식으로 이집트 콩을 먹었다. 젊은 원주민 남자 몇 명이 체념한 듯 부루퉁한 얼굴로 이집트 콩을 먹고 있었다. 기니피그 예닐곱 마리가 오두막의 더러운 바닥 주변을 쿵쿵대며 분주히 돌아다녔다. 그 찍찍대는 소리에 리의 머릿속에는 어린 시절의 일이 떠올랐다.

가족이 프린스로드의 새 집으로 이사하려고 대기하고 있을 때, 세인트루이스의 페어먼트 호텔에서 기니피그를 직접 키웠던 일이다. 찍찍대는 울음소리, 우리에서 나는 냄새, 모두 기억났다.

두 사람은 눈에 덮인 침보라소산 정상, 달빛 속 추위, 높은 안데스산맥의 끝없는 바람을 지났다. 높은 산을 지나며 내려다보는 경치는 마치 다른 곳에서, 지구보다 더 큰 행성에서 바라보는 경치 같았다. 리와 앨러턴은 담요 밑에서 함께 몸을 웅크린 채 브랜디를 마셨다. 나무 타는 냄새가 코로 들어왔다. 두 사람 모두 두꺼운 스웨터 위에 군복 재킷을 입고 추위와 바람을 막느라 지퍼를 끝까지 올렸다. 앨러턴은 유령처럼 실체가 없는 듯했다. 리의 시선은 앨러턴을 통과해 그 너머 외계의 텅 빈 유령 버스까지 닿는 것 같았다.

암바토에서 푸요까지, 300미터 깊이의 협곡. 무성한 녹색 계곡으로 내려가는 동안 폭포와 숲, 길로 흘러내리는 시내가 나타났다. 길에 굴러떨어진 큰 바위를 치우느라 버스가 대여섯 번이나 멈췄다.

리는 버스에서 모건이라는 노인과 이야기를 나눴다. 모건은 탐광 일을 하느라 정글에서 삼십 년 동안 살았다. 리는 모건에게 아야와스카에 대해 물었다.

모건이 말했다. "아편처럼 쓰지. 내가 부리는 인디오들은 모두 그걸 써. 인디오들이 아야와스카를 했을 때는 사흘 동안 전혀 일을 못 해."

리가 말했다. "파는 곳이 있겠네요."

모건이 말했다. "나도 구할 수 있어."

조립식 주택들이 있는 셀마라를 지났다. 이 마을에서 셸 컴퍼니는 이 년의 시간과 2000만 달러의 돈을 썼지만 석유를 전혀 발견하지 못하고 손을 뗐다.

밤늦게 푸요에 도착했다. 잡화점 가까이에 있는 허름한 호텔에 방을 구했다. 리와 앨러턴은 입도 열지 못할 정도로 피곤했다. 순식간에 잠들었다.

* * *

다음 날 모건 노인이 리와 함께 돌아다니며 아야와스카를 찾았다. 앨러턴은 아직 자고 있었다. 사람들이 모두 피해서 리와 모건은 난관에 부딪혔다. 한 남자가 이튿날 조금 가져오겠다고 말했다. 리는 그 남자가 아무것도 가져올 리 없다고 생각했다.

물라토 여자가 운영하는 작은 술 가게로 갔다. 여자는 아야와스카가 무엇인지도 모르는 체했다. 리는 아야와스카가 불법이냐고 물었다. 모건이 말했다. "아니. 그렇지만 여기 사람들은 낯선 사람을 의심하거든."

모건과 리는 술 가게에 앉아서 뜨거운 물과 설탕과 계피를 섞은 아구아르디엔테[50]를 마셨다. 리는 사람들 머리를 오그라뜨릴 계획이라고 말했다. 모건은 리와 함께 머리를 오그라뜨리

---

50) Aguardiente. 스페인산 브랜디이다.

는 공장을 세울 수도 있겠다고 상상했다. "조립 라인에서 머리가 굴러떨어지는 거야. 그 머리들은 억만금을 줘도 못 사. 정부에서 금지하기 때문이지. 그 빌어먹을 놈들이 사람을 죽여서 머리를 팔아먹고 있었거든."

모건은 추잡한 옛날 농담들을 무진장 알고 있었다. 이제 캐나다 출신인 그 지역 사람에 대해서 이야기했다.

리가 물었다. "그 사람은 어떻게 여기 왔답니까?"

모건은 낄낄거렸다. "우리는 여기 어떻게 왔나? 우리 나라에서 말썽을 피워서 온 것 아닌가?"

리는 말없이 고개를 끄덕였다.

* * *

모건 노인은 돈을 찾으려고 오후 버스편으로 셸마라에 갔다. 리는 푸요 근처에서 농장을 경영하는 소여라는 네덜란드인과 이야기를 나눴다. 소여는 푸요에서 안으로 몇 시간을 들어가야 하는 정글에 미국인 식물학자가 살고 있다고 리에게 귀띔했다.

"무슨 약인가를 개발하고 있다죠. 약 이름은 생각이 안 나요. 그 약 추출에 성공하면 큰돈을 번다고 하더군요. 지금은 힘들어해요. 거기에는 먹을 게 아무것도 없거든요."

리가 말했다. "약용 식물에 관심이 있어요. 그 사람을 찾아갈까 봐요."

"그 사람도 만나면 기뻐하겠죠. 하지만 먹을 걸 가져가요.

128

밀가루나 차 같은 걸로. 거기에는 아무것도 없으니까."

나중에 리가 앨러턴에게 말했다. "식물학자라니! 이런 기회가 어디 있어? 분명 우리한테 도움이 될 사람이야. 내일 출발해야 해."

"우연히 지나게 된 것처럼 가장하기는 힘들지 않겠어요? 왜 거기 갔는지 어떻게 설명할래요?"

"꾀를 내야지. 야혜를 찾고 싶다고 솔직하게 말하는 게 가장 좋겠어. 모두한테 이익이 될 것 같아. 들은 대로면, 그 사람은 무일푼이야. 그런 상황에서 찾아가게 된 게 우리한테는 행운이지. 푸요 사창가에서 샴페인을 고무 덧신에 따라서 마시는 돈 많은 사람이라면, 나한테 야혜 몇백 수크레어치 파는 일에 관심을 가질 리 없겠지. 그리고 진, 부탁인데, 이런 인물을 상대할 때에는 '코터 박사님, 부디 부탁이오니' 같은 말은 제발 하지 마."

* * *

푸요의 호텔 방은 눅눅하고 추웠다. 쏟아지는 빗줄기 때문에 길 건너 집조차 흐릿하게 보였다. 물에 잠긴 도시 같았다. 리는 침대에 늘어놓은 물건들을 집어서 고무 코팅이 된 자루에 넣고 있었다. 32구경 자동 권총, 기름 먹인 비단에 싼 탄창들, 작은 프라이팬, 깡통에 넣어 접착테이프로 봉한 찻잎과 밀가루, 2리터짜리 푸로 한 병.

앨러턴이 말했다. "이 술은 너무 무겁고 병 모서리도 칼날처럼 날카로워요. 두고 가면 안 돼요?"

리가 말했다. "그 사람 혀를 느슨하게 만들어야 해." 리는 자루를 들고, 앨러턴에게 반짝이는 새 마체테[51]를 건넸다.

앨러턴이 말했다. "비가 그칠 때까지 기다려요."

"비가 그칠 때까지 기다려?!" 리는 억지웃음을 크게 터뜨리며 침대에 풀썩 주저앉았다. "하하하! 비가 그칠 때까지 기다리자! 여기 사람들이 하는 말이 있어. '푸요에서 비가 그치면 내가 빚을 갚을게.' 하하."

"처음 여기 왔던 이틀은 날이 맑았어요."

"나도 알아. 현대판 기적이지. 밖에서 가톨릭 신부를 찬양하는 행진도 하네. '바모노스, 카브론.'"[52]

리가 앨러턴의 어깨를 툭 쳤고, 두 사람은 빗속으로 나가서 대로의 젖은 자갈길을 미끄러지듯 내려갔다.

* * *

통나무를 가로놓아 만든 길이었다. 숲길 위에 진흙이 막처럼 덮여 있었다. 미끄러지지 않으려고 긴 가지를 잘라서 지팡이를 만들었다. 그러나 걸음은 느릴 수밖에 없었다. 길 양쪽으로는 경재용 나무가 숲을 이룬 고원 정글과 아주 낮은 덤불. 온통 물 천지였다. 맑고 차가운 물의 개울과 시내와 강.

---

51) Machete. 중남미 원주민이 벌채 도구로 쓰는 날이 넓은 칼이다.
52) Vámonos, cabrón. '가자, 이 자식아'라는 뜻의 스페인어이다.

"송어가 좋아할 물이군." 리가 말했다.

예닐곱 집을 들러서 코터의 집이 어디인지 물었다. 한결같이 방향은 맞다는 대답이었다. 얼마나 먼가요? 두세 시간 정도. 어쩌면 더 가야 할지도. 말만 앞서는 것 같았다. 길에서 만난 남자가 마체테를 옆으로 젖히고 악수를 한 뒤 곧장 말했다. "코터를 찾아요? 지금 집에 있어요."

리가 물었다. "얼마나 걸리죠?"

남자는 리와 앨러턴을 보았다. "앞으로 세 시간은 더 가야 할 거요."

* * *

두 사람은 걷고 또 걸었다. 이제 늦은 오후였다. 다음 집에서 누가 물을지 동전을 던져 정했다. 앨러턴이 걸렸다.

"세 시간 더 가야 한대요."

"지난 여섯 시간 동안 계속 똑같은 말을 들었어."

앨러턴은 쉬고 싶었다. 리가 말했다. "안 돼. 쉬면 다리가 더 풀려. 지금 쉬는 건 최악의 선택이야."

"어디서 들었어요?"

"모건 노인."

"뭐, 모건이건 누구건, 난 쉴래요."

"너무 오래 지체하지 마. 우리가 도착도 못 하고 어둠에 묻혀서, 뱀과 재규어 앞에서 떨고 '케브라야스'에 떨어지게 되면 엄청난 생지옥이 될 거야. '케브라야스'는 물살에 깎인 깊은 틈을 가리키는 이곳 사람들 말이야. 깊이 20미터에 너비 1미터나 되는 것도 있어. 충분히 빠질 만한 공간이지."

두 사람은 폐가에 들어가서 쉬었다. 벽은 허물어졌지만 지붕은 꽤 튼튼해 보였다. 앨러턴이 주위를 둘러보며 말했다. "여기서 일단 쉴 수 있겠어요."

"일단일 게 분명하네. 담요도 없으니."

* * *

코터의 집에 도착한 건 날이 어두워진 뒤였다. 개간지에 있는 작은 초가지붕 오두막이었다. 코터는 50대 중반의 마르고 작은 남자였다. 리는 코터의 태도가 약간 차갑다는 걸 알아챘다. 리가 술을 꺼내서 모두 한잔했다. 코터의 아내는 덩치가 크고 힘이 세 보이는 빨강 머리 여자로, 푸로의 알코올 맛을 없애려고 계피로 차를 만들었다. 리는 세 잔에 취했다.

코터는 리에게 질문을 많이 했다. "어떻게 여기까지 오게 됐소? 어디서 왔소? 에콰도르에 온 지는 얼마나 됐소? 내 이야기는 어디서 들었소? 관광객이오, 일 때문에 출장을 온 거요?"

리는 취했다. 중독자 특유의 말투로 말하기 시작했다. 야혜 혹은 아야와스카를 찾고 있다고. 러시아인들과 미국인들이 그 약으로 실험하고 있는 걸 알고 있다고. 리는 돈을 내고 거래를 할 생각이며, 그러면 모두에게 좋으리라고 말했다. 리가 말할수록 코터의 태도는 더 차가워졌다. 코터는 분명 의심을 품었지만, 리는 그 이유를 알 수 없었다.

저녁은 주재료가 어떤 뿌리채소와 바나나인 것을 감안하면 꽤 맛있었다. 저녁을 먹고 난 뒤 코터의 아내가 말했다. "여보, 이분들은 피곤할 거예요."

코터는 레버를 돌려서 전원을 얻는 플래시로 길을 안내했다. 대나무 널빤지로 지은 80센티미터 너비의 오두막이었다. "두 사람 다 여기서 자면 될 거요." 코터가 말했다. 코터 부인은 매트리스 대용으로 담요 한 장을 오두막에 깔았다. 이불로 쓸 담요를 한 장 더 주었다. 리는 벽 쪽으로 누웠다. 앨러턴은 바깥쪽에 누웠다. 코터가 모기장을 쳤다.

리가 물었다. "모기가 있어요?"

코터가 짤막하게 말했다. "아니, 흡혈박쥐요. 잘 자시오."

"주무세요."

리는 오래 걸어서 근육이 아팠다. 아주 피곤했다. 앨러턴의 가슴에 한 팔을 얹고 몸을 바싹 붙였다. 몸이 맞닿아 따뜻해지자 리의 몸에서 깊고 부드러운 감정이 솟구쳤다. 더 가까이 껴안고 앨러턴의 어깨를 부드럽게 어루만졌다. 앨러턴은 짜증스레 움직이며 리의 팔을 밀쳤다.

앨러턴이 말했다. "좀 치울래요? 잠이나 자요." 앨러턴은 리에게 등을 돌리고 모로 누웠다. 리는 팔을 거뒀다. 쇼크가 와서 온몸이 굳었다. 천천히 자기 손을 자기 뺨에 댔다. 몸 안에서 출혈이 일어나는 듯, 깊은 상심을 느꼈다. 눈물이 얼굴에 흘러내렸다.

＊＊＊

리는 십아호이 앞에 서 있었다. 술집은 황폐해 보였다. 울음
소리가 들렸다. 자신의 어린 아들이 보였다. 무릎을 굽혀 양팔
로 아이를 감싸안았다. 울음소리가 더 가까워졌다. 슬픔의 물
결. 이제 리도 울고 있었다. 흐느낌에 몸이 떨렸다.

리는 어린 윌리를 가슴에 꽉 안았다. 사람들이 죄수복 차림
으로 거기 서 있었다. 리는 그 사람들이 거기서 뭘 하는지, 자
신이 왜 우는지 알 수 없었다.

잠에서 깬 뒤에도 여전히 꿈의 깊은 슬픔이 느껴졌다. 앨러
턴을 향해 한 손을 뻗었다가 다시 거두어들였다. 벽으로 고개
를 돌렸다.

＊＊＊

이튿날 아침, 리는 답답하고 짜증이 났다. 감정이 소진된 듯
했다. 코터의 22구경 라이플총을 빌려서 앨러턴과 정글 구경
에 나섰다. 정글에는 생명이 없는 듯했다.

앨러턴이 말했다. "코터가 그러는데, 이 근처에서 인디오들
이 사냥감을 싹쓸이했대요. 셸에서 번 돈으로 다들 엽총을 샀
대요."

오솔길을 따라 걸었다. 거대한 나무들. 30미터가 넘는 나무
들도 있었다. 덩굴에 휘감긴, 햇빛도 다 가리는 나무들.

"우리가 살아 있는 동물을 죽여도 하늘이 용서할 거야. 진,

저쪽에서 꽥꽥 우는 소리가 났어. 가서 총을 쏴 볼게."

"뭔데요?"

"난들 알아? 살아 있으니까 소리를 내겠지."

리는 길옆 덤불로 들어갔다. 덩굴에 걸려 넘어져서 끝이 톱니 모양인 식물 위에 쓰러졌다. 일어서려고 할 때 날카로운 끝수백 개가 옷에 매달리고 살에 들러붙었다.

리가 소리쳤다. "진! 도와줘! 식인 식물한테 붙잡혔어. 진, 마체테로 잘라서 풀어 줘!"

정글에서 살아 있는 동물은 볼 수 없었다.

* * *

코터는 인디오가 화살촉에 사용한 독에서 쿠라레를 추출하는 법을 찾으려 애쓴 모양이었다. 그 지역에서 발견되는 노란 까마귀들이 있으며, 척추에 맹독이 있는 노란 메기도 있다고 리에게 말했다. 아내가 독에 쏘였는데, 통증이 심해서 모르핀을 투여해야 했던 적도 있다고 말했다. 코터는 정식 의사였다.

리는 '원숭이 여자' 이야기가 마음에 들었다. 어떤 남매가에콰도르로, 그중에서도 이 지역으로 내려왔다. 단순하고 건강한 삶을 살 목적이었고, 뿌리채소와 견과류와 야자 속만 먹었다. 이 년 뒤 수색대가 남매를 발견했다. 임시방편으로 만든 목발을 짚고 절룩거리며 걷는 남매는 낫다가 만 골절상으로 고통스러워했고, 치아도 없었다. 그 근방에는 칼슘이 전혀 없었던 듯싶다. 닭들도 달걀을 못 낳았는데, 껍질을 이룰 것이 없었기 때문이다. 젖소에게서 우유를 짤 수는 있지만 우유가 묽고 반투명으며, 안에는 칼슘이 전혀 없었다.

남자는 문명과 스테이크의 세계로 돌아갔지만, 여자는 여전히 거기 남아서 '원숭이 여자'가 됐다. 원숭이들이 무엇을 먹는지 지켜본다고 해서 붙은 별명이었다. 원숭이가 먹는 것이라면 여자도 먹을 수 있고 누구라도 먹을 수 있다. 알아 두면 정글에서 길을 잃었을 때 도움이 될 일이다. 칼슘 정제를 가져가는 것도 도움이 되겠다. 코터의 아내도 '떼워리 흐드면떠'[53] 이를 잃었다. 코터의 이도 사라진 지 오래였다.

코터는 귀중한 쿠라레 기록을 뒤쫓는 도둑들로부터 집을 지키기 위해서 1.5미터 길이의 독사를 두었다. 원숭이 두 마리도 있었다. 귀엽지만 성질이 사나우며, 작고 날카로운 이빨로 무장한 조그마한 원숭이들이었다. 발가락이 두 개인 나무늘보도 있었다. 나무늘보는 나무에서 과일을 따 먹으며 사는데, 나뭇가지에 거꾸로 매달려서 아이 울음 같은 소리를 낸다. 땅에서는 속수무책이다. 땅에서 나무늘보는 그 자리에 누운 채 몸부림치며 쉭쉭거리기만 한다. 코터는 리와 앨러턴에게 나무늘보를 건드리지 말라고 주의를 주었다. 뒤에서라도 건드리면

---

53) '세월이 흐르면서'를 치아 없이 말하는 발음으로 표기했다. 원서에는 '인너 떠비뜨(inna thervith)'로 표기돼 있다. '인 더 서비스(in the service)', 즉 '세월이 흐르면서'를 역시 치아 없이 말하는 발음으로 적은 것이다. 버로스는 'inna ther-vith'라고 따옴표로 강조했으며 『네이키드 런치』에도 같은 표현이 등장한다.

안 되는 것이, 강하고 날카로운 발톱을 뻗어서 사람 손을 잡고 입으로 가져가서 물기 시작한단다.

* * *

리가 아야와스카에 대해서 묻자 코터는 대답을 얼버무렸다. 코터는 야혜와 아야와스카가 같은 식물인지 확신할 수 없다고 말했다. 아야와스카는 '브루헤를라(Brujería)', 즉 주술과 연관이 있었다. 코터는 백인 '브루호'[54]였다. '브루호' 비밀에 접근할 수 있었다. 리가 해 본 적 없는 일이었다.

"그 사람들한테 신뢰를 얻으려면 몇 년은 쏟아야 할 거요."

리는 그 거래에 몇 년이나 쏟을 수는 없다고 말했다. "대신 좀 얻어 줄 수 없어요?" 리가 물었다.

코터가 떨떠름하게 리를 보았다. "나는 삼 년이나 여기에 떨어져 있었소."

리는 과학자인 척해 보았다. "이 약의 성분을 조사하고 싶어요. 실험용으로 조금 가져가고 싶습니다."

코터가 말했다. "뭐, 댁을 카넬라로 데려가서 브루호한테 이야기할 수는 있소. 내가 부탁하면 주겠죠."

리가 말했다. "그래 주시면 정말 고맙겠습니다."

코터는 카넬라에 가는 일에 대해서는 더 이상 아무 말도 하지 않았다. 생필품이 떨어져 간다는 이야기와 쿠라레 대용

---

54) brujo. '주술사'라는 뜻의 스페인어이다.

물을 실험할 여유가 정말 없다는 이야기만 잔뜩 늘어놓았다. 사흘 뒤에 리는 시간을 허비하고 있음을 깨달았다. 그리고 코터에게 떠나겠다고 말했다. 코터는 안도감을 조금도 숨기려 하지 않았다.

에필로그 : 멕시코시티로 돌아오다

언제 다시 들러도 파나마는 여전하다. 한 달, 두 달, 여섯 달 뒤에도 파나마는 정말이지 아무것도 아닌 곳이다. 퇴행성 질환의 진행 과정 같다. 산수에서 고등 기하학으로 건너뛴 듯하다. 포주와 창녀와 열성 유전자 들로 이루어진 이 잡종 도시를, 운하에 붙은 이 저열한 거머리를, 추하고 하등하며 인간 이하인 그 무엇이 좌지우지하고 있다.

후텁한 열기가 가득한 파나마에는 부랑자가 내는 스모그가 정체되어 있다. 이곳 사람 모두가 편집증 수준으로 텔레파시를 쓴다. 카메라를 들고 걸어 다니다가 올드파나마 석회암 절벽 위에 목재와 골진 철판으로 지어진 오두막을 보았다. 마치 빌딩 꼭대기에 있는 집 같았다. 알바트로스와 독수리 들이 뜨거운 회색 하늘에서 맴도는 가운데 서 있는 그 돌출물을 사진에 담고 싶었다. 카메라를 잡은 양손은 땀으로 미끄러웠고, 셔츠는 젖은 콘돔처럼 몸에 착 달라붙어 있었다.

오두막에 있는 추한 노파가 사진 찍는 나를 보았다. 사람들은 자기가 사진 찍히는 것을 항상 알아차린다. 파나마에서는 특히 더 그렇다. 노파는 내 눈에 분명하게 보이지 않는 다른 추레한 사람들과 화를 내며 떠들었다. 그러더니 위태로운 발코니 끝으로 나와서 적의에 찬 모호한 몸짓을 했다. 이른바 미개 민족들은 대개 카메라를 두려워한다. 사실, 사진에는 음란하고 불길한 면이 있다. 가두고 싶은 욕망, 일체가 되고 싶은 욕망, 극렬한 성적 추구. 나는 계속 걸어가다가 야구를 하는 소년들을 찍었다. 젊고 생생하고 남을 의식하지 않는 소년들. 소년들은 내 쪽을 전혀 흘깃거리지 않았다.

항구 아래에서 낚싯배에 타고 있는 피부색 짙은 인디오 청년을 보았다. 그 청년은 내가 사진을 찍으려는 것을 알아채고, 카메라 각도가 바뀔 때마다 청년다운 성난 표정으로 나를 올려다보았다. 마침내 나는 무심한 동물적인 우아함으로 한쪽 어깨를 긁적이며 배 이물에 기대선 모습을 찍을 수 있었다. 오른쪽 어깨에서 빗장뼈까지 이어진 긴 흰색 흉터. 나는 카메라를 치우고 뜨거운 콘크리트 벽에 기대서 그 청년을 바라보았다. 마음속에서 내 손가락은 그 흉터를 어루만지다가 벗은 구릿빛 가슴과 배로 내려가고 있었다. 단절감으로 온몸의 세포가 아팠다. 나는 "빌어먹을!" 하고 중얼거리며 벽에서 몸을 뗀 뒤, 사진 찍을 만한 대상을 찾아 두리번거리며 발걸음을 돌렸다.

더러운 석회석 기초 위에 나무로 지어진 집에서 펠트 모자를 쓴 흑인이 베란다 난간에 기대서 있었다. 나는 길 건너 영화관 입구 차양 아래에 있었다. 내가 사진 찍을 준비를 갖출 때마다 그 흑인은 모자를 위로 올리고 나를 빤히 보면서 비상식적인 저주를 나직이 퍼부었다. 나는 결국 기둥 뒤에 숨어서 찍었다. 웃통을 벗은 이 젊은 흑인이 저쪽 발코니에서 씻고 있을 때였다. 흑인과 극동 혈통을 볼 수 있었다. 둥근 얼굴, 카페 올레 같은 물라토 피부, 근육이 드러나지 않고 살이 균일해 보이는 매끈한 몸. 위험을 감지한 동물처럼 씻다가도 고개를 들어 주위를 살폈다. 나는 5시를 알리는 사이렌이 울릴 때 찍는 데 성공했다. 노련한 사진가의 비법: 피사체가 다른 데에 정신을 팔 때까지 기다릴 것.

럼콕을 마시려고 술집 치코스로 갔다. 나는 그곳을 전혀 좋아하지 않았다. 파나마에 있는 다른 어느 술집도 좋아하지 않았다. 그래도 예전 치코스는 견딜 만했고 주크박스에 좋은 노래들도 있었다. 이제는 성난 젖소의 울음소리 같은 끔찍한 오클라호마 홍키통크 음악밖에 없었다. 「드라이빙 네일스 인 마이 커핀」, 「잇 워슨트 갓 메이드 홍키 통크 에인절스」, 「유어 치팅 하트」.

술집에 있는 군인들은 하나같이, 가벼운 뇌진탕에 걸린 듯한 파나마 운하 지역 사람 특유의 표정을 짓고 있었다. 특수 부대 과정을 마치고 텔레파시 송신자와 수신자 훈련을 받아서 직관적 단계까지 면역이 생긴 듯, 젖소처럼 무딘 표정. 질문을 하면 호의도 적의도 없이 대답한다. 온정도 없고 접촉도 없다. 대화는 불가능하다. 그 군인들에게는 이야깃거리가 아무것도 없다. 그저 둘러앉아서 여급들에게 술을 사며, 여급들이 파리를 쫓듯 떨어내는 생기 없는 추파를 던지고, 주크박스에서 징징거리는 음악을 튼다. 아데노이드 증상으로 얼굴에 여드름이 난 젊은 남자가 한 여급의 가슴을 만지려고 계속 애썼다. 여자는 손을 뿌리치지만, 그 손은 자율적인 곤충의 생명력을 부여받은 듯 다시 살살 다가갔다.

여급 한 사람이 내 옆에 앉았다. 나는 술 한 잔을 샀다. 여자는 얻어먹으면서도 비싼 스카치를 주문했다. 나는 생각했다. '파나마여, 남을 등치려는 네 마음보가 나는 너무도 싫다.' 뇌가 새처럼 가벼운 그 여자는 녹음테이프처럼 완벽한 미국 영어를 구사했다. 멍청한 사람들은 언어를 빨리 또 쉽게 배운다. 달리 그 안에 담을 것이 없기 때문이다.

여급이 한 잔 더 사 달라고 했다. 내가 말했다. "안 돼요."

여급이 말했다. "왜 그렇게 못됐어요?"

내가 말했다. "이봐요, 내가 돈을 다 써 버리면 누가 나한테 술을 살까요? 그쪽이 사겠소?"

여급은 놀란 표정이었다. 그리고 천천히 말했다. "예, 맞는 말씀이네요. 그럼, 이만 실례해요."

나는 번화가로 걸어갔다. 뚜쟁이가 내 팔을 잡았다. "아저씨, 열네 살짜리 여자애 있어요. 푸에르토리코 애. 어때요?"

내가 말했다. "그 나이면 벌써 중년이네. 여섯 살짜리 숫처녀를 내놔. 기다리면 확인하겠다는 개소리는 집어치우고. 열네 살짜리 늙은 매춘부를 나한테 떠넘기겠다는 수작은 어림도 없어." 뚱쟁이가 입을 떡 벌리고 있게 둔 채 자리를 떴다.

파나마 모자 값을 물어보려고 상점에 들어갔다. 카운터 뒤에 있는 젊은 남자가 노래를 부르기 시작했다. "친구를 사귀고, 돈을 잃고."

나는 생각했다. '이 남미 놈은 틀림없는 협잡꾼이군.'

남자는 나에게 2달러짜리 모자를 내놓았다. "15달러입니다."

"터무니없이 부르는군." 나는 돌아서서 나갔다. 상점 남자가 거리까지 나를 쫓아왔다. "손님, 잠깐만요." 나는 계속 걸었다.

그날 밤 나는 늘 꾸던 꿈을 꾸었다. 꿈에서 나는 멕시코시티에 있었다. 앨러턴의 예전 룸메이트인 아트 곤잘레스와 이야기를 나눴다. 앨러턴이 어디 있느냐는 내 물음에 아트 곤잘레스가 대답했다. "아구아르디엔테에 있어요." 멕시코시티 남쪽 어디였다. 내가 멕시코시티에 있고 아트나 앨러턴의 절친한 친구 조니 화이트와 이야기를 나누며 앨러턴이 어디 있느냐고 묻는 꿈을 수없이 꾸었다.

나는 멕시코시티로 비행기를 타고 갔다. 공항을 통과하는데 신경이 약간 곤두섰다. 경찰이나 이민국 조사관이 나를 찍을지 모른다. 나는 비행기에서 만난 매력적인 젊은 관광객 옆에 꼭 붙어서 다니기로 마음먹었다. 모자를 미리 챙겼고, 비행기에서 내릴 때는 안경도 벗었다. 어깨에 카메라도 멨다.

"시내까지 택시를 같이 탑시다. 요금은 나눠 내죠. 그게 더 쌉니다." 나는 그 관광객에게 말했다. 우리는 부자지간인 양 공항을 지나갔다. 나는 계속 입을 움직였다. "그래, 과테말라에 있는 그 영감이 펠리스 호텔에서 공항까지 가는 데 2달러를 내라지 뭐야. 나는 '우노'라고 말해 줬지." 나는 손가락 하나를 쳐들었다. 아무도 우리를 지켜보지 않았다. 우리는 그저 두 명의 관광객일 뿐.

우리는 택시를 탔다. 기사가 시내 중심가까지 가는 데 한 사람당 12페소라고 말했다.

관광객이 영어로 말했다. "잠깐만요. 미터기도 없네요. 미터기는 어디 있어요? 미터기가 있어야죠!"

기사는 자기가 미터기 없이 공항에서 시내까지 운행하는 승인을 받았다는 설명을 나에게 해 달라고 했다.

관광객이 소리쳤다. "아뇨! 난 뜨내기 관광객이 아니에요. 난 멕시코시티에 살아요. '사베 오텔 콜메나?'[55] 난 호텔 콜메나에 살아. 시내까지 가. 하지만 미터기에 나온 요금만 낼 거야. 경찰을 부르겠어. '폴리시아'. 미터기를 다는 건 법으로 정해져 있어."

나는 생각했다. '세상에, 아주 잘돼 가는군. 이 멍청이 때문에 경찰이 오잖아.' 경관들이 택시 주변으로 모이다가 어찌할 바를 몰라서 다른 경관들을 부르는 모습이 보였다. 관광객은 여행 가방을 들고 택시에서 내렸다. 자동차 번호를 적고 있었다.

관광객이 말했다. "폴리시아를 당장 부르겠어요."

내가 말했다. "뭐, 나는 어쨌건 이 택시를 타고 가겠어요. 그 정도면 시내까지 그다지 비싼 값은 아녜요." 그리고 기사에게

---

55) Sabe hotel Colmena? '콜메나 호텔 알아?'라는 뜻이다.

말했다. "바모노스."[56]

나는 시어즈 백화점 근처에 있는 8페소짜리 호텔에 체크인하고 롤라스로 걸어갔다. 흥분으로 가슴이 떨렸다. 장소도 옮기고, 실내장식도 새로 하고, 가구도 바뀌어 있었다. 그러나 바 뒤에 있는 바텐더는 코밑수염과 금니를 한 옛날 그대로였다.

"코모 에스타?" 바텐더가 인사했다. 우리는 악수했다. 어디에서 지냈느냐는 물음에 나는 남미에 있었다고 대답했다. 델러웨어펀치를 앞에 놓고 앉았다. 술집은 텅 비었지만 조만간 아는 얼굴이 나타날 터였다.

대령이 들어왔다. 퇴역 군인으로, 은발에 활력이 넘치고, 작지만 다부진 체격이었다. 나는 대령에게 목록을 간결하게 쭉 불렀다.

"조니 화이트, 루스 모튼, 피트 크롤리, 아이크 스크랜턴?"

"로스앤젤레스, 알래스카, 아이다호, 모르겠네, 아직 여기 있을걸. 늘 근처를 돌아다녀."

"그리고, 아, 저기, 앨러턴은 어떻게 됐어요?"

"앨러턴? 내가 모르는 사람 같은데."

"다음에 또 봐요."

"안녕, 리. 잘 지내."

나는 시어즈로 걸어가서 잡지를 훑어보았다. 《볼즈: 포 리얼 맨》이라는 잡지에서 '나는 그놈들이 노는 모습을 보았다'라는 제목 아래, 나무에 매달린 흑인의 모습을 담은 사진을 보았다.

---

56) vámonos. '갑시다'라는 뜻의 스페인어다.

누가 내 어깨에 손을 올렸다. 돌아보니 게일이었다. 또 다른 퇴역 군인. 게일은 알코올 의존증 치료를 받고 온 흔적을 희미하게 풍겼다. 나는 목록을 불렀다.

게일이 말했다. "대부분 사라졌어. 그 친구들은 전혀 안 보이던걸. 롤라스에는 더 이상 출입을 안 해."

나는 앨러턴에 대해 물었다.

"앨러턴?"

"키 크고 마른 아이. 조니 화이트랑 아트 곤잘레스 친구."

"걔도 사라졌어."

"얼마나 됐어?" 게일 앞에서 침착한 척할 필요도 별일 아닌 척할 필요도 없었다. 게일은 전혀 알아채지 못할 테니.

"길 저쪽에서 한 달 전쯤에 봤어."

"또 만나."

"또 만나."

나는 천천히 잡지를 내려놓고 밖으로 나가서 전봇대에 기대섰다. 그런 뒤에 롤라스로 다시 걸어갔다. 번스가 테이블에 앉아서 불구인 손으로 맥주를 마시고 있었다.

"거의 아무도 안 남았어. 조니 화이트랑 텍스, 크로스윌은 로스앤젤레스로 갔어."

나는 번스의 손을 보고 있었다.

번스가 물었다. "앨러턴 소식은 들었어?"

내가 말했다. "아니."

"남미인가 어디로 내려갔어. 어떤 장교랑 같이. 앨러턴은 가이드로 따라갔어."

"그래? 간 지 얼마나 됐어?"

"반년쯤."

"내가 여기를 떠난 직후겠네."

"그래. 딱 그때쯤이야."

번스에게서 아트 곤잘레스의 주소를 받은 뒤 아트를 만나러 갔다. 아트는 살고 있는 호텔 맞은편 가게에서 맥주를 마시다가 나를 보자 길을 건너오라고 소리쳤다. 그랬다, 앨러턴은 어떤 장교 부부의 가이드를 맡아서 다섯 달쯤 전에 떠났다.

"그 부부가 과테말라에서 자동차를 판댔어요. 48년형 캐딜락. 미심쩍었어요. 어쨌든 앨러턴이 뭐든 확실하게 말하는 친구는 아니니까요. 아시죠, 걔가 어떤지." 아트는 내가 앨러턴에게서 아무 연락도 못 받았다는 사실에 놀란 듯했다. "그 친구 떠난 뒤로는 아무도 소식을 몰라요. 걱정스러워요."

앨러턴이 무엇을 할 수 있을지, 어디에 있을지 생각해 보았다. 과테말라는 물가가 비싸다. 산살바도르는 물가도 비싸고 벽촌이다. 코스타리카? 올라오는 길에 산호세에 들르지 않은 것을 후회했다.

아트와 나는 '어디는 어떤가, 그렇고 그렇다'는 뻔한 이야기를 계속했다. 멕시코시티는 시공간 여행의 터미널이다. 기차를 기다리는 동안 잠깐 한잔할 수 있는 대합실이다. 그래서 나는 멕시코시티나 뉴욕에서는 머물러 있어도 견딜 수 있다. 머무른다고 해도 발이 묶이는 건 전혀 아니다. 여행을 하는 길목일 뿐이다. 그러나 세상의 교차로인 파나마에서는 사람이 노화하는 세포 덩어리에 가까워진다. 팬암이나 더치라인 항공사와 타협하여 육신을 그곳에서 빼내야 한다. 그렇지 않으면 육신은 거기 머물며 함석지붕 아래 후텁지근한 열기에 썩을 것이다.

* * *

그날 밤 나는 마침내 앨러턴을 찾는 꿈을 꾸었다. 앨러턴은 중앙아메리카 오지에 숨어 있었다. 그 오랜 시간이 흐른 뒤 내가 나타나자 놀란 듯한 표정이었다. 꿈속에서 내 직업은 도망자를 찾는 것이었다.

"앨러턴 씨, 저는 다정(多情) 파이낸스에서 왔습니다. 뭐 잊은 것 없습니까? 매달 셋째 주 화요일에 우리를 만나러 오기로 되어 있지 않던가요? 우리는 사무실에서 앨러턴 씨를 쓸쓸히 기다렸습니다. 우리는 '빚을 갚거나 아니면 다른 것을 내놔.' 같은 말을 좋아하지 않습니다. '다정한' 말이 아니거든요. 계약서를 꼼꼼히 읽어 보았는지 모르겠군요. 전자 현미경과 바이러스 필터가 있어야만 해독할 수 있는 제6항을 특별히 언급하겠습니다. '이행하지 않으면'이 정확히 무슨 뜻인지 모르시는 것 같군요.

아, 앨러턴 씨 같은 젊은이들이 어떤지는 나도 압니다. 창녀 꽁무니를 따라다니느라 다정 파이낸스 같은 건 까마득히 잊은 것 아닌가요? 하지만 다정 파이낸스는 앨러턴 씨를 잊지 않아요. 노래도 있잖아요. '그 아래에는 숨을 곳이 없다.' 노련한 추적 전문가가 나섰을 때는 어림없죠."

추적 전문가의 얼굴이 꿈에서 볼 수 있는 텅 빈 얼굴로 변했다. 입이 떡 벌어지고, 오래된 상아처럼 딱딱하고 누런 이가 드러났다. 몸이 천천히 가죽 안락의자 깊숙이 미끄러져 내려가더니, 의자 등에 모자 뒤가 밀려서 모자 앞 챙이 눈 아래까지 내려왔다. 눈은 모자 그림자 속에서 번쩍이며 오팔처럼 광채를 내고 있었다. 추적 전문가는 「조니가 시장에서 돌아오지 않네」[57]를 허밍으로 부르기 시작하더니 계속하고 또 계속했다. 허밍은 한 소절 중간에 갑자기 멈췄다.

추적 전문가는 바람 부는 거리에 내려앉는 음악처럼 띄엄띄엄 무기력하게 말했다. "이봐, 이런 일을 수없이 겪었지? 이런 쓰레기 같은 일을 겪은 뒤에야 사무실로 걸어 들어와서 다정 파이낸스에 돈을 갚으려는 하찮은 인간들이 가끔 있긴 하지."

한쪽 팔을 휘둘러서 손등을 아래로 향하게 하여 의자 옆 팔걸이에 올렸다. 손가락 끝이 검푸르게 변한, 여윈 갈색 손을 천천히 펴자 1000달러짜리 누런 지폐 한 다발이 나왔다. 손을 돌려 손바닥을 아래로 한 채 다시 의자 깊숙이 몸을 뉘었다. 눈을 감았다.

갑자기 고개를 한쪽으로 떨구더니 혀를 쭉 빼물었다. 지폐가 하나씩 차례로 손에서 떨어지더니 구겨진 채 빨간 타일 바닥에 놓였다. 따뜻한 봄바람이 갑자기 휙 몰아쳐 더러운 분홍 커튼이 방 안으로 펄럭였다. 지폐들이 방에서 휘날리다가 앨러턴의 발에 내려앉았다.

---

57) "Johnny's So Long at the Fair."는 미국의 구전 동요이다.

어느새 추적 전문가가 몸을 곧추세웠다. 눈꺼풀 뒤로 가늘고 긴 빛 한 줄기가 지나갔다.

"쪼들릴 때를 대비해서 넣어 둬. 이 중남미 호텔들이 어떤지 알지? 돈을 갖고 다녀야 해."

추적 전문가는 앞으로 몸을 숙여서 팔꿈치를 무릎에 댔다. 의자에서 싸우러 나가기라도 하듯, 갑자기 몸을 일으키고 그와 동시에 한 손가락으로 모자챙 앞쪽을 눈 위로 밀었다. 문으로 걸어가서 오른손을 손잡이에 대더니 그 상태에서 몸을 돌려 뒤를 보았다. 닳은 글렌 체크 슈트 라펠에 왼손 손톱을 닦았다. 움직일 때마다 슈트에서 곰팡내가 풍겼다. 라펠 뒤쪽과 바지 커프스에는 곰팡이가 슬어 있었다. 추적 전문가가 자기 손톱을 내려다보았다.

"아, 저기…… 너의, 음…… 계좌 말인데. 내가 조만간 다시 올 거야. 그러니까, 앞으로……." 추적 전문가의 목소리가 모호해졌다.

"우리가 어떤 협약을 하게 되겠지." 이제 목소리는 크고 명확했다. 문이 열리자 바람이 방 안에 몰아쳤다. 문이 닫히자 커튼이 다시 제자리를 잡았다. 누가 잡아서 올려놓은 듯 커튼한 자락이 소파 위에 늘어져 있었다.

작품 해설

보답받지 못하는 욕망의 절박함

잭 케루악이 카예 오리자바가 201번지에 도착한, 1952년 5월 첫 토요일 아침, 거리에서 세뇨라들이 토르티야를 요리하고 라디오에서는 페레스 프라도 음악이 흘렀다. 이제는 멕시코의 글렌 밀러로 불리기도 하는, 쿠바에서 온 맘보 킹의 빅 밴드 사운드가 아이러니하게도, 윌리엄 S. 버로스가 살고 있는 아파트 5호에서 케루악이 발견한 광경에는 오히려 잔잔한 분위기 음악의 역할을 한다. 그 5월 아침, 케루악은 오랜 친구가 "어질러진 방에 있는 미친 천재" 같은 모습으로 글을 쓰고 있는 걸 보았다. "흐트러진 모습이었지만, 눈은 순진하고, 푸르고, 아름다웠다." 혼란 속에서 날뛰는 광인이자 놀랍게도 순수한 인물이라는 버로스의 상반된 이미지를 케루악이 두 번이나 강조한 것은, 케루악이 작업을 방해한 소설 속 버로스 자화상의 '동시 이중 노출' — 우리는 윌리엄 리에 대해 듣는다. "얼굴은 황폐하고 심술궂고 늙었다. 눈은 꿈꾸는 듯하고 순진하다." — 과 정확히 일치하며, 소설과 그 소설을 쓰는 환경이 지닌 역설적인 성격도 암시한다.

윌리엄 S. 버로스의 모든 작품 중에 '이성애' 책은 없으므로 — 그의 그 어떤 책에도 '퀴어'라는 이름을 붙일 수 있다 — 이 두 번째 소설은 고집스럽게 전형적이며, 그 제목의 명사(경멸조든 자긍하는 의미든 동성애)와 형용사(별난, 잘못된, 수상쩍은), 동사(좌절시키다, 불안하게 만들다, 동요시키다)의 의미를 충족시킨다. 1952년에 시작된 집필, 1985년에 결국 이루어진 출간과 이후 이십오 년 넘게 계속된 명성까지 『퀴어』는 모든 것이 확실히 복잡하다. 가차 없이 개인적이다. 그러나 또한 날카롭게 정치적이다. 겉보기에 현실적인 이야기는 더없이 터무니없는 환상으로 변한다. 그 내용의 분위기가 어찌나 모호한지, 크게 웃어야 할지, 경악해야 할지 알기 힘들다. 정말 '괴상하다'는 의미로 퀴어이다. 묵시록인 동시에 심원한 글, 버로스가 미완성으로 버려둔 초기 자전적 골칫거리이자 서른 해 동안 묻어 둔 비밀, 서투른 작업물이자 앞으로 올 취향, 즉 고약한 『네이키드 런치』로 가는 얼얼한 애피타이저이다. 정말 퀴어(하)다.

『퀴어』 바로 앞에 쓴, 1953년에 『정키(Junkie)』로 출간된 데뷔 소설 『정키』와 『퀴어』는 왜 그렇게 현격히 다를까? 그리고 왜 삼십 년 이상 활자화되지 않았을까? 버로스 문학의 진화에서 『퀴어』는 어떤 자리를 차지할까? 또 『퀴어』는 동성애 문학의 역사에 어떻게 적용될까? 왜 『퀴어』는 버로스의 작품에서 욕망의 극화(劇化)로도, 가장 유명하게는 묘사되지조차 않은 죽음으로서도 독창적일까? 이상은 『퀴어』가 내놓은 수수께끼들 중에서도 일부에 불과하다. 역사적 기록을 정확히 전하기는 더 어렵기만 하다. 『퀴어』가 사실상 하나가 아니라 둘이기 때문이다. 버로스가 1952년에 쓴 원고와 삼십삼 년 뒤에 출간된 책. 이 둘을 모두 다뤄서 이 새로운 판본을 다시 내놓는다. 『퀴어』 출간 25주년을 기념해서, 이 짧지만 난해한 소설을 이해하고 그 속의 새로운 빛으로 소설을 밝히고자 하는 바람에서 온 시도이다.

1952년 5월 초 버로스를 생생히 묘사한 케루악의 글은 버로스의 모호한 상황을 정확히 포착한다. 한편으로 바로 한 달 전, 에이스 북스에서 당시에는 제목이 '정크(Junk)'였던 버로스의 첫 소설을 정식으로 계약했고, 버로스는 서른여덟 살에 처음으로 문학가로서 미래를 공공연히 기대했다. 버로스는 기쁨을 감추지도 않고 그 4월에 쓴 편지에서 갑자기 "우리 작가들"이라고 언급하기 시작한다. 당시 버로스의 문학 에이전시 역할을 맡은 앨런 긴스버그에게 그는 이렇게 썼다. "나중에 명성을 얻었을 때 낼 서간집"을 위해 편지들을 보관하라고. '얻게 되면'이 아니라 '얻었을 때'라고 쓴 것에 주목하자. 한편 그 해에 버로스가 쓴 편지는 모두 봉투에 가명을 썼다. 멕시코 관리들의 감시의 눈초리를 피하기 위해서였다. 케루악이 『퀴어』를 집필하던 버로스 앞에 나타난 것은 그 운명적인 저녁으로부터 팔 개월밖에 지나지 않은 때였다. 그 저녁, 버로스의 스타 38구경 자동 소총이 발사되고, 버로스가 겨냥한 유리잔은 깨어지지 않은 채 오소 네그로 진 빈 병 네 개가 놓인 테이블 옆 바닥에 구르고, 총알이 아내의 이마를 관통했다. 술에 정신이 나가서 벌인 그 행동은 버로스가 작가로 어떤 성공을 거두건, 멕시코나 남아메리카, 탕헤르, 파리, 런던, 뉴욕, 그리고 캔자스주 로런스에 있는 마지막 집에 이르기까지 길고 어두운 그림자를 드리운다.

조앤 볼머 총격 사건은 버로스와 비트 그룹의 전설에 크게 자리해 왔고 그럴 만하다. 그러나 조앤 볼머의 죽음과 버로스의 두 번째 소설을 짝짓는 것은 1985년에야 이루어졌다. 버로스가 쓴 어떤 글보다 자주 인용되는 문장, "이 책이 만들어진 동기는 내가 전혀 언급하지 않은, 사실은 애써 피한, 어떤 사건이다. 1951년 9월, 내 아내 조앤을 총으로 쏘아 죽게 만든 사고이다."와 "내가 작가가 된 것은 전적으로 조앤의 죽음 덕분이라는 소름 끼치는 결론에 이르지 않을 수 없다." 때문이다. 1985년 『퀴어』의 서문에 쓴 이 문장들은 버로스가 오랫동안 그 사건에 대해 솔직히 말하기를 꺼려 왔기에 더욱 충격을 주었고, 그 문장들로 『퀴어』는 스포트라이트를 받게 됐다. 실제 사건에서 받은 충격으로 글을 쓰게 되었다는 고백은, 소설 그 자체와 그 뒤에 있는 모든 현실, 둘 다 모호하게 만들 정도로 자극적인 맥락에 소설을 집어넣는 비뚤어진 효과를 낳았다.

그 총격이 버로스 인생의 전환점이며 『퀴어』도 버로스 저작에서 그만큼 결정적인 전환점이었지만, 그 두 가지는 분리할 수 있다. 아니, 분리해야 한다. 첫째, 『퀴어』에서 조앤의 죽음은 '애써 피한' 게 아니다. 자전적 사건의 소설화로 보자면, 총격은 1951년 늦여름에서 끝나는 이야기의 연대순에서 바깥에 위치한다. 버로스의 서문이 없었으면, 둘을 연결시킬 생각을 했을 사람도 별로 없었을 것이다. 나아가 버로스는 두 번째 소설과 첫 번째 소설이 곧장 연결되어 쓰였음에도 왜 그렇게 근본적으로 다른지, 즉 『네이키드 런치』에서 무대 중앙을 차지할 자신의 트레이드마크인 코믹 그로테스크 장기를 왜 『정키』가 아닌 『퀴어』에서만 볼 수 있는지 더없이 확실한 설명을 내놓았다. 버로스는 설명한다. "차이는 당연히 단순하다." 『정키』는 중독의 소설이고, 퀴어는 금단 증상 소설이라고. "금단 기간 동안에는 강박적으로 관중을 필요로 하기도 한다. 그리고 리가 앨러턴에게서 찾는 것은 다름 아닌 관객이다. (……) 그래서 리는 광분하며 주위의 시선을 모으는 행동을 꾸미고, 스스로 그것을 '장광설'이라고 부른다." 이렇게 단순한 설명은, 버로스가 이상하게도 자신과 자신의 페르소나 사이를, 혹은 1951년의 사건과 1952년에 이루어진 소설화 사이를 구별하지 않으려 함으로써 복잡해진다. 그래도 이 설명은 적어도, 두 소설의 주제와 연관해서는, 그리고 집필 당시 버로스가 두 소설을 어떻게 보았는가와 연결해서는, 정확하다는 점이 장점이다.

특별한 대혼란의 꿈

버로스는 가족, 즉 아내 조앤, 딸 줄리, 아들 빌리와 함께

1949년 가을에 사우스텍사스에서 멕시코시티로 이사한 뒤 1950년 연초부터 『정키』를 쓰기 시작해서 연말에 초고를 완성했다. (그리고 이 년 동안 계속 다듬었다.) 1952년 3월 말, 버로스가 케루악에게 당시 제목이 미정인 속편을 시작했다고 알릴 때, 버로스는 케루악에게 일인칭 시점에서 삼인칭 시점으로의 변화 같은 주요한 차이를 다음과 같은 개념으로 기술했다. "1부는 중독 상태, 2부는 아닌 상태."

『정키』와 『퀴어』를 버로스 생애에서 이어지는 시기들로 보고, 각각 불법 도피자 정체성을 하나씩 차례로 문서화했다고 생각하면, 첫 소설에서는 윌리엄 리가 냉정하고 무감하며 사건의 서술이 사실적이고 건조하게 아이러니한 반면, 두 번째 소설에서 리는, 버로스가 1985년 서문에 썼듯, "분열되고, 절박하게 만남을 바라고, 자신과 자신의 목적에 전혀 확신을 느끼지 못하는 인물"인 이유가 충분히 설명될 만하다. 그러나 그러면 글쓰기의 결과물과 환경을 뒤죽박죽으로 만드는 셈일 수도 있고(버로스는 『퀴어』를 집필하는 내내 실제로 다시 약물에 중독된 상태였다.) 소설 자체의 빠른 해체를 설명하지도 못하는 듯하다. 『퀴어』도 『정키』처럼 사회 상황을 리얼하게 기록하며 시작된다. "수염을 기른 사람은 십아호이에서 자주 볼 수 없었다."라는 "힙스터 비밥 중독자들은 103스트리트에 절대 나타나지 않았다."와 정확히 상응한다. 그러나 『퀴어』는 깨어져 조각난 에피소드들과 일관성 없는 환상들로 분해되고, 돌연 중단된다.

사실 해체의 씨앗은 첫 구절부터 존재한다. 버로스는 거두

절미하고 경고도 없이 시작한다.('리는 칼 스타인버그를 향해 시선을 돌렸다.') 그리고 국적('칼은 뮌헨에서 태어나기는 했지만 볼티모어에서 쭉 자랐다.')도, 이야기의 장소도 혼란스럽다. 배경이 멕시코시티인지 전혀 명확하지 않기 때문이다. 리가 지나가는 '암스테르담 애비뉴 공원'은 네덜란드의 도시 이름이며, 북미 독자들은 그 이름에서 맨해튼 어퍼웨스트사이드를 떠올리기 십상이다. 버로스가 묘사한 곳은 타원형 도로인 암스테르담 애비뉴 중앙에 있는 멕시코 공원이지만, 이 사실은 확실한 리얼리즘에 도움이 되지 않는다. 리가 앉아 있는 곳은 '나무 모양을 낸 콘크리트 벤치'로, 그런 벤치가 실제로 멕시코 공원에 존재한다는 사실에도 불구하고 그것이 있을 법하지 않은 초현실적인 가구이기 때문이다.

　배경을 전달하는 이 앞부분만 보아도, 자전적 실제 인물과 장소의 재현에서 이 소설과 『정키』 사이의 차이가 당혹스러울 만큼 크다는 점을 알 수 있다. 윈스턴 무어 뒤에 있는 할 체이스, 톰 윌리엄스 뒤의 프랑크 제프리스를 판별하거나, 롤라스가 실제로는 산루이스포토시주 154에 위치한 멕시코시티 대학교 근처 타토스바이며, 십아호이가 실은 몬테레이와 치후아후아 모퉁이인, 조앤 총격 사건이 일어난 아파트 아래에 위치한 바운티바 & 그릴이라고 밝히는 출처 찾기를 거쳐도, 『퀴어』에 대해 알 수 있는 것은 거의 없다. 리와 무어가 만나는 라스스켈러의 중요한 점은, 뻐꾸기시계로 보아 그곳이 칼레코아우일라와 아비니다데로스인수르헨테스 사이에 있는 쿠쿠 레스토랑을 모델로 했다는(버로스가 타자한 원고에 실제로

'KuKu 시계'라고 적혀 있다.) 사실이 아니라, 뻐꾸기시계와 '좀슨 사슴 머리'로 그곳이 '엉뚱하게 티롤 같은 분위기'를 풍긴다는데, 그리고 이 기묘한 지리적 이탈이 『퀴어』에서 장소와 인물 표현의 특징이라는 데 있다.

기본적으로 한 도시의 작은 부분을 배경으로 하는 분량이 짧은 책이지만, 이 책 곳곳에는 놀랍도록 방대하고 혼란스러운 인물과 장소가 등장한다. 오클라호마시티, 우루과이, 솔트레이크시티, 지우아타네호, 프랑크푸르트, 텍사스 멕시코 국경 지대, 댈러스, 페루, 러시아, 스코틀랜드, 쿠바, 아마존, 로마, 알래스카, 베라크루스, 바그다드, 프라하, 우반지강 상류, 탄하자로, 잠베지, 팀북투, 다카르, 마라케시, 모렐리아, 보고타, 바르셀로나, 폴란드, 부다페스트, 티베트, 캐나다 등등. 리는 멕시코 음식을 전혀 먹지 않고 미국식 K.C.스테이크하우스, 러시아 레스토랑, 중국 레스토랑에서 식사한다. 영화를 보러 갈 때는 그리스 신화를 바탕으로 한 프랑스 영화(장 콕토의 「오르페」)를 본다. 호르헤 가르시아 로블레스는 "버로스의 모든 작품 가운데 '멕시코 소설'이 있다면, 그것은 『퀴어』이다."라고 말했는데, 맞는 말이지만 버로스가 멕시코와 멕시코 문화를 언급하지 않았다고 말하는 것만큼이나 요점을 놓친 이야기이다. 아일랜드 작가 프랭크 해리스가 소설에 언급된 것은 이 요점에 밑줄을 더한다.

버로스는 1951년 5월, 케루악에게 말했다. "멕시코는 특별히 혼란스러운 꿈으로, 혼란스럽고 음울하고 불길해." 그리고 『퀴어』 속 멕시코시티는 '현실' 도시가 전혀 아니다. 성을 알 수 없는 인어들과 '불안한' 물고기가 있는 '초현실주의 발레 공연 무대 같은' 술집 쿠바는 『퀴어』의 표면적인 리얼리즘 아래에 불안하게 초현실적이고 수상한 무엇이 정말로 존재한다는 느낌을 압축해서 보여 준다. 리가 못마땅해하는 연인 앨러턴과 에콰도르에 도착했을 때 꿈의 차원은 몹시도 강해지고, 이 꿈이 악몽의 암류를 채운다. 페이오티 복용 경험을 회상하는 리에게 악몽은 자신 안에 숨어 있는 삶의 암류를 드러내는 것이다. 이곳 강들에는 '이름 없는 괴물들'이 숨어 있다. 그 괴물들은 '이루 말할 수 없이 외설적'인 고대 치무 도기 장식으로 퍼진다. 이름 없고 이루 말할 수 없다고 반복함으로써 이 무시무시한 장소, "무슨 일이든 허용되는 땅"('거대한 지네로 변하는 남자들')이 내면의 공포가 발현되는 지역임을 암시한다. 남미의 가공할 풍경은, 리가 "기묘하게 얼굴이 투명해져서 그 너머가 보일 것" 같을 때, 혹은 윈스턴 무어가 "희미하고 푸르스름한 부패의 기운"을 풍길 때, 앨러턴이 "육체에서 분리된 기묘한 어린아이의 목소리"로 말할 때, 리가 '상상의 손가락'과 '유령의 엄지'로 앨러턴을 향해 손을 뻗을 때처럼 앞부분의 형이상학적 불안이 자라난 결과이다.

소설의 리얼리즘적 서술이 무너지고 온통 비유가 되는 듯하다면, 윌리엄 리라는 인물도 그렇게 된다. 그는 마치 말하는 장난감의 태엽을 지나치게 많이 감은 듯, 말 그대로 똑같은 농담("엉덩이인지, 해군에서 사 년을 복무한 뒤에 남은 무엇인지, 붙이고 앉아.") 혹은 살짝 변주한 농담을 되풀이한다.

밋밋하고 텅 빈 이야기는 리의 점점 더 거짓말 같아지는 말들로 제압된다. 그러나 리 자신도 그렇다. 여러 인물을 연기하는 자신과 그 인물들에게 씐 자신 사이의 선이 무너지기 때문이다. 리는 자기 이야기로 앨러턴을 즐겁게 하거나 유혹하려 애쓰기보다는, 말 그대로 방언으로만 남긴다. 가장 긴 장광설이 "받아쓰기하듯 저절로" 나오고, 듣는 이도 전혀 없이 계속된다. 리는 무너지고 있다. 앨러턴을 향한 욕망이 말 그대로 리를 찢어 놓기 때문이다. 따라서 『퀴어』는 리의 신체 병합의 환상, 되풀이되는 통증과 사지 절단의 이미지로 가득 차 있다. 오르페우스 신화와 유사성을 찾는다는 것이 솔깃할 정도이다. (콕토가 아닌) 오비디우스 작품에서 오르페우스는 아내 에우리디케가 죽은 뒤 여성의 사랑을 포기하고 청년들을 탐해서 산산조각 난다. 그러나 리의 운명과 버로스의 서술 사이의 유사성은 점점 더 불안정해지는 욕망의 힘을 집필 단계부터 보여 준다.

버로스 자신은 집필 계획의 모순을 자각하지 못했던 것 같다. 1952년 3월 말에 케루악에게 쓴 편지에는 "『정키』에서 이용한 직설적인 서술 방식을 그대로 이용한 퀴어 소설"이라고 설명했다. '직설적인 서술 방식'을 유지하는 데 실패함으로써 『퀴어』는 『퀴어』가 됐다고 말하는 사람도 있을 수 있다. 그렇게 기술하면, 우리는 버로스의 가장 큰 성공이 실패에서 예견되었다고 고찰하기 시작할 수도 있다. 다시 말하면, 어떤 관점에서는 『퀴어』가 충분히 소설적이지는 않지만, 버로스가 향하는 곳 — 『네이키드 런치』(1959)의 혼란스러운 모자이크 — 의 관점에서 보면 그것은 1952년에 이미 확립된 서술 양식이었다. 어떤 면에서 『퀴어』는 『네이키드 런치』보다 불쾌하고 끔찍하다. 『네이키드 런치』는 풍자의 의도가 명확하고 독자는 버로스의 가장 어두운 상상 속에서 헤매지만, 『퀴어』의 독자는 버로스의 또 다른 자아가 정신적으로 몹시 고통스럽게 무너지는 것을 끔찍하게 목격해야 한다. 『네이키드 런치』라는 제목은 정말로 『퀴어』에서, 리가 처음으로 앨러턴에게 정중히 인사하려 하는 대목, "벌거벗은 욕망에서 나온, 불행한 육신에 대한 고통과 증오로 뒤틀린 추파가 흘러나왔으며, 그와 동시에, 놀랄 만큼 그 시각과 장소에 어울리지 않는, 토막 나고 절망적인, 다정한 아이의 미소처럼 애정과 신뢰를 담은 미소가 이중으로 흘러나왔다."에서 왔다. 우연이 아닌 우연으로, 『퀴어』 원고에서 리의 '벌거벗은 욕망'을 잘못 읽은 버로스는 『네이키드 런치』, 즉, '벌거벗은 점심'이라는 제목을 얻었다. 『퀴어』의 실패가 버로스에게는 걸작으로 가는 실마리였다면, 우리는 『네이키드 런치』의 퀴어함을 더 잘 알아볼 수 있다. 『네이키드 런치』도 『퀴어』만큼 약 기운에, 또 욕망의 발로로 쓰였다. 이야기가 너무 멀리 나갔다. 다시 1952년 봄, 버로스가 잭 케루악과 함께 살던 아파트로 돌아가자. 두 작가의 랑데부를 통해서 우리는 버로스 소설을 이끄는 동시에 방해한 힘에 대해 많은 것을 파악할 수 있다.

케루악은 5월 10일 긴스버그에게 쓴 편지에서 자신과 버로스가 새 타자기를 찾아내서 "각자 책 작업을 재개했다."라고 알렸다. 그 책은 『퀴어』(케루악이 멕시코에 도착하기 전에 버로스에게 제안한 제목이다.)와 『닥터 색스』이다. 케루악이 버로스 집에 머문 두 달 동안 『닥터 색스』를 썼다는 이야기는 유명하다. 그러나 간과돼 온 것은, 두 작가의 경력에 결정적인 이 시기에 서로에게 끼친 깊고 명확한 영향이다. 케루악의 소설에는 케루악이 버로스의 원고를 읽은 흔적이 여러 방면 ― 주제, 암시, 특정 구절 ― 에서 드러나 있다. 버로스 쪽을 보면, 그는 5월 중순에 긴스버그에게 케루악이 "엄청나게 발전했다."라고 전했다. 버로스가 『닥터 색스』를 읽었는지는 명확하지 않지만, 케루악이 멕시코에 올 때 초고를 막 끝마쳐서 가져온 『코디의 비전』을 읽고 "큰 감명을 받았다."라는 점은 확실하다. 정말로 4월에 버로스는 발췌 부분을 보고 조이스의 『피네건의 경야』에 비교했다. 적절한 비교였다. 당시 케루악은 실험 소설 작가로 힘과 자신감이 아주 높은 상태였다. 케루악이 자신의 '스케칭' 테크닉(나중에 '즉흥 산문'이라고 공식적으로 명명된다.)을 처음 정의한 것은 1952년 5월이었다. 그리고 6월 초에는, 버로스와 함께 스탄 게츠, 찰리 파커, 마일스 데이비스의 재즈 음반들을 들은 후 영감을 받아서 재즈 기법, 즉 즉흥 구성과 공연하는 듯한 스토리텔링을 설명하며 '미개척 형식'이라는 용어를 내놓았다. 케루악이 『코디의 비전』과 『닥터 색스』에서 보인 실험적 형식에 대한 열정이 『퀴어』에 영향을 미쳤을 수도 있다. 케루악의 영향으로 최소한, 새 소설 원고의 불안정하게 거친 면을 덜 염려하게 됐을지도 모른다. 그렇다면 다시, 두 작가의 다른 점을 통해 『퀴어』의 많은 것을 알 수 있다.

5월 중순, 케루악은 긴스버그에게 쓴 편지에서 자신의 즉흥 작법을 완벽한 표현 수단이라고 기술하며 스케칭은 "세계 그 자체이며 절대로 실패하지 않는다."라고 말했다. 일주일 뒤 버로스는 긴스버그에게 작업 중인 작품을 설명하며 근본적으로 다른 용어를 썼다. "글쓰기는 언제나 시도에 머물러야 해. 작가는 언어 아래에서 이루어지는 과정에 다다를 수 없어. 나한테 적절한 작법은 아직 존재하지 않아. 내가 만들지 않는 한." 처음에 『퀴어』는 『정키』의 자전적 이야기와 '사실적' 틀을 따랐다. 그러나 요구와 욕망의 차이, 즉 요구는 채워질 수 있는, 정키, 즉, 마약 중독자의 입장에서는 투약으로 충족될 수 있는 것인 반면, 욕망은 언제나 실패할 수밖에 없는 저주받은 시도(리는 "무한한 욕망으로 찢어지는 통증을 느꼈다.")인 점에서 직설적 작법, 사실적 표현이라는 구속복이 『퀴어』에 맞지 않는다는 결론이 내려졌다. 『정키』에서 『퀴어』로 흐르는 변화를 버로스 자신은 1부는 켠 상태, 2부는 끈 상태라고 말했지만, 그 반대, 즉 1부는 욕망을 끈 상태, 2부는 욕망을 켠 상태라고 설명하는 것이 더 정확하겠다.

사회학 견학 같은 것

글을 쓸 당시에 버로스가 '퀴어'한 주제와 '스트레이트'한 방법 사이의 충돌을 인식하지 않은 반면, 삼십 년 뒤에 쓰인 버로스의 서문에서 가장 퀴어한 것은 버로스가 『퀴어』를 '퀴어소설'로 보기를 꺼린다는 점이다. 마약 중독자가 되기 훨씬 전부터 동성애 욕구를 경험했음에도 불구하고, 두 번째 소설의 출간이 늦어지면서 버로스는 중독자 정체성과 퀴어 정체성을 다른 차원에 두게 되었다. 진 앨러턴을 향한 윌리엄 리의 구애 뒤에 숨겨진 자전적 사실(멕시코시티 대학교에 다니는 스물한 살의 루이스 마커를 버로스가 쫓아다닌 일)을 밝히지 않으려는 처세술일 수 있지만, 그래도 버로스는 리가 "정말로 성적 만남을 찾는 것은 아니다."라고, "인물로서 앨러턴과 전혀 무관하다."라고 계속 주장하며 이상하게도 이야기를 역사적 바탕에서 단절시킨다. 그러나 버로스는 처음부터, 이 작품을 쓴다고 긴스버그에게 처음 언급한 때부터, 성적 관계가 '중심 테마'라고 인정했을뿐더러 당시 출간된 지 얼마 지나지 않은 도널드 웹스터 코리의 『미국의 동성애』(1951)를 논하며 이 소설을 퀴어 소설의 맥락에 집어넣었다. 코리의 책은, 큰 반향을 일으킨 알프레드 킨제이의 『남성의 성적 행위』(1948) 이후로 그 주제에서 가장 영향력이 큰 연구였으며, 버로스의 두 번째 소설의 퀴어함을 고찰하는 데 있어서 명확한 전후 관계를 제공한다.

버로스는 긴스버그에게 보낸 편지에서 『미국의 동성애』가 제시한 정치적 태도를 비웃었다. 그러나 버로스는 그 책이 게이 문학 전통의 계보를 만들었다는 점을 언급하지는 않았다. 『퀴어』도 그 계보에 속할 테고, 버로스는 틀림없이 코리의 논의를 흥미롭게 읽었을 것이다. 코리는 문학사의 출발점으로 돌아가서 "페트로니우스의 『사티리콘』이 현존하는 가장 오래된 소설"이며 "이로써 동성애자는 시간의 흐름에서 살아남은 최초의 소설에서 주인공이 되는 특별함을 얻었다."라고 설명한다. 이 설명을 버로스가 언급한 적은 없지만, 말년에 버로스는 종종

1950년대 삼부작, 『정키』와 『퀴어』, 『야혜 편지들』(1963)이 페트로니우스로 거슬러 올라가서 피카레스크 전통을 따랐다고 단언하곤 했고, 이런 연결은 절대 우연의 일치가 아니다. 코리가 확립한 현대 문학 맥락에 대해 버로스가 언급을 회피하려 했다는 점은 인상적이다.

　『퀴어』 집필 당시에 쓴 편지에서 버로스는 장 주네와 고어 비달을 슬쩍 언급했고, 1952년 여름에 쓴 『정키』 서문에서는 자신이 청소년기에 읽은 책들 중에 지드와 와일드를 넣는다. 4월 초, 비달의 근간 『파리의 심판』을 간단히 논한 글에서는, 비달의 더 유명한 동성애 소설 『도시와 기둥』(1948)이 어땠는지 전혀 언급하지 않았다. 한편 『도시와 기둥』은 제임스 바의 『네 잎』(1950)과 프리츠 피터스의 빼어난 작품 『피니스테르』(1951) 같은 전후 소설과 함께 게이 문학 전통에서 한 자리를 차지했다. 『퀴어』는 그 전통에 들어가지 않는다. 이셔우드의 베를린 단편들이나 로널드 퍼뱅크의 단편들과, 혹은 카슨 맥컬러스의 『황금 눈에 비친 모습』(1948), 트루먼 커포티의 『다른 목소리, 다른 방』(1948), 존 혼 번스의 『갤러리』(1947)와 비교하는 것도 유용해 보이지 않는다. 노골적인 성 묘사와 짙은 서정을 담은 장 주네의 작품(1952년에 나온 사르트르의 유명한 연구서 『장 주네』의 소재)과도 비교되지 않는다. 버로스가 높이 평가한 주나 반스의 『나이트우드』(1936), 찰스 헨리 포드와 파커 타일러가 쓴 『젊고 사악한 자』(1933)라면 버로스가 관심을 가졌을지도 모르지만, 성(性)이라는 주제보다 형식적 실험 때문이었을 것이다. 사실 코리의 연구에서 버로스가 가장 공감

했을 것은 찰스 잭슨의 『잃어버린 주말』이다. 버로스는 "음주 치료가 어떤 것인지 알아보려고" 그 책을 읽었다.

　잭슨의 데뷔 소설은 1944년에 미국에서 전국적인 베스트셀러였고, 어떤 면에서 『퀴어』는 아니더라도 『정키』에서는 버로스 소설 작법의 모델이 됐다. 잭슨의 책 초반에, 주인공인 작가 돈 버넘은 "사회학 견학 같은 것을 온 구경꾼"인 양 그리니치빌리지 술집을 방문한다. "그는 신화에서 온 인물, 투명한 인물이 됐을지도 모른다."라는 느낌을 자아낸다. 객관적 문학 연구라는 버넘의 아이디어는 버로스가 『정키』를 집필할 때 쓴 유사 사회학적 접근법과 비슷하며, 사실상 부재하는 전달자, '보이지 않는 남자'로서 리의 위치와 비슷하다. 버넘은 충동적으로 핸드백을 훔치려다가 발각되어 굴욕을 치른다. 이는 버로스 자신이 실패한 범죄로 받은 수치를, 또 『퀴어』 속 페르소나의 마조히즘을 연상시킨다. 잭슨 소설과 버로스의 진짜 연관성은 성공 초기에 닥친 운명에서 찾을 수 있다. 출간한 지일 년밖에 안 돼서 『잃어버린 주말』은 할리우드 히트 영화로 재탄생했고, 1945년 아카데미 영화제를 휩쓸며 빌리 와일더 감독과 주연 배우 레이 밀런드가 상을 수상했다. 성공한 각색 영화가 대개 그렇듯 원작인 문학 작품이 받아야 할 문화적 평판은 거의 모두 영화로 돌아갔다. 소설 결말에서 버넘은 전혀 뉘우치지 않는다. 또 버넘이 술에 의존하는 것은 작가의 슬럼프에서 벗어나기 위해서가 아니라 억눌린 동성애에서 비롯된 정신적 외상 때문이라고 결론짓는다. 이런 결말을 아는 사람은 거의 없지 않을까. 버로스는 잭슨을 심리적으로 미숙한 사람으로, 문학적 자의식에 감염된 사람으로 생각했을지도 모른다. 그러나 버넘이 최후까지 도덕적으로 구원받기를 거부하는 모습에서 버로스는 반항의 좋은 예를 발견했을지도 모른다.

　그러나 『잃어버린 주말』의 검열은 잭슨에게 끝의 시작이었다. 두 번째 소설 『발로의 몰락』(1946)은 역시 개인사를 다루지만, 이번엔 동성애 욕구의 죄책감에 전적으로 초점을 맞췄다. 역사에 남지 못한 소설이었고 발간 당시에도 인기가 없었다. 이렇듯 할리우드 결말로도 고칠 수 없는 소재는 위험하다. 사실 게이 소설이 어떤 결말로 끝나는지의 문제는 코리의 중심 주제였다. 그리고 버로스는 코리가 '비극적 결말'이 필수인 듯 논한 것도 생각했을 게 틀림없다. 『퀴어』를 쓰기 시작했고 『미국의 동성애』를 읽고 있다고 언급한 지 삼 주밖에 안 됐을 때, 버로스가 말한다. "두 번째 소설의 결말을 아직 결정하지 못했어." 코리의 책은 많은 동성애 작가들이 "죄책감을 '치료'하려고 책을 쓰며, 독자 대중은 자신도 모르게 고해 성사를 들어 주는 신부나 무상으로 상담하는 상담가가 된다."라고 "또 다른 자아에 벌을 주어서 자신의 죄를 씻는다."라고 결론 짓는다. 이는 미국 정신 의학회가 동성애를 정신 질환으로 인정한 해에 (동성애는 이십 년 뒤까지 정신 의학회의 '정신 질환 진단 및 통계 편람'에서 삭제되지 않는다.) '소설에서 그리는 동성애 인물이 어떤 역할을 수행할 수 있을까?'라는 코리가 본래 제기한 질문의 두드러진 답일 것이다. 버로스의 답, 그리고 버로스가 생각한 결말을 통해 새 작품에서 버로스의 '독자 대중'의 구성에 대한 이해가 달라졌음을 알 수 있다.

작품 해설

1952년 3월, 버로스의 독자층은 '에이스 북스(Ace Books)'로 대변되는 대중 소설 페이퍼백 시장인 듯 보였다. 버로스는 『퀴어』가 "『정키』보다 더 팔릴 책이고 더 넓게 관심을 끌 수 있다. 사실, 더 선풍적"이라고 느꼈다. 후일 버로스는 에이스 북스에서 자신의 두 번째 소설이 지나치게 선정적이라는 이유로 거절했다고 늘 주장하게 된다. "출판사에서는 내가 그 소설을 출간하면 감옥에 갇힐 거라고 했다." 그 주장을 뒷받침할 증거는 전혀 없지만, 1950년대 초가 『퀴어』라는 제목의 소설을 출간하기에는 위험한 시기임은 말할 필요가 없다. 비록 버로스가 코리의 정치적 견해를 거부했지만, 또 코리는 버로스 소설에 아마도 소스라치게 놀랐겠지만, 애초에 코리의 책도 가장 개인적인 행동을 정치 문제로 만드는 맥락 덕분에 시의적절할 수 있었다.

불침투성 욕망

때는 매카시즘과 한국 전쟁의 시기일 뿐 아니라 라벤더 공포와 호민테른[1] 음모론의 시기, 동성애를 반미국적 행위, 바이러스 전염병, 국가 건강의 위협으로 악마화하는 시기였다. 1950년 어느 상원 보고에서는 "동성애자 한 명이 관공서 하나를 오염시킬 수 있다."라고 경고했다. 리는 "미국 국무부에

---

1) 동성애자 'homosexual'과 코민테른의 합성어로, 성소수자 집단의 영향력에 어떤 배후가 있음을 의심하며 경멸조로 부르는 용어이다.

서 퀴어를 몰아내고 있다."라고 발언한다. 버로스는 코리의 책에서 자신에게 필요한 최근 통계 자료를 찾을 수 있었을 것이다.(2만 3000명 중에서 아흔한 명이 해고됐다). 버로스는 '페어리'나 '패그' 같은 용어를 '게이'로 바꾸자는 호소를 비롯한, 동성애 언어에 대한 정치적으로 민감한 연구도 찾아보았을 것이다. 또 버로스는 코리가 "나는 호모섹슈얼이다, 나는 퀴어이다, 나는 페어리이다."라는 말이 아주 강렬한 충격을 준다고 여긴 대목을 눈여겨보았을 게 틀림없는데, 이처럼 꼬리표 붙이는 말로 충격을 주는 것을 『퀴어』에 자기 방식으로 패러디해서 넣었다. "'나는 동성애자이다.' 그 치명적인 말이 내 어질어질한 머리에 낙인을 찍었을 때 느꼈던 공포는 절대 못 잊어."

그러나 버로스는 이런 이야기를 긴스버그에게 보내는 편지에 전혀 언급하지 않았다. 그는 코리의 분명한 진보적 입장을 질타했다. "창자를 뒤집기에 충분해. 이 작자가, 퀴어는 겸손을 배워라, 다른 쪽 뺨을 내밀어라, 증오를 사랑으로 갚으라 하네."『퀴어』에서 버로스는 리가 보보의 이야기를 말하게 함으로써 그 교훈을 뒤집고 코리에게 복수한다. "편견과 무지와 증오를 지식과 진심과 사랑으로" 정복하자는 메시지는 이사도라 덩컨과 비슷하게, 말 그대로 창자가 찢기는 것으로 보상을 받는다. 코리의 정치적 주장이 동성애자들이 "지구상의 모든 불행한 자, 경시되는 자, 억압받는 자"와 '연대'를 제기하는 반면, 『퀴어』의 윌리엄 리는 동료 피해자들 사이에서 그런 '민주 정신'의 정반대를 보여 준다.

은밀하게 사적인 고백(1985년에 긴스버그가 쓴 책 홍보 문구에 따르면 "벌거벗은 버로스의 가슴")으로서 『퀴어』의 첫 출간과 평판에도 불구하고, 그 집필 시기의 정치적 위험은 코리의 책에서 명확히 설명된다. 버로스가 직접 쓴 1985년 서문은 자신의 사생활을 강조하고 미국의 역사는 언급하지 않는다. 이것은 잘못된 비교이다. 냉전 시대 문화의 특징은 바로, 개인의 정치화이기 때문이다. 우리는 버로스의 퀴어 소설에 얼마나 놀랍도록 빽빽한 정치적 언급이 들어 있는지 깨달아야 하며, 그것을 통해 개인 욕망의 사적인 세계와 지구적 권력 구조 사이의 연결이 반복적으로 암시되고 있음을 깨달아야 한다. 리는 "카이사르를 정신 분석하려고 온 게 아니다."라고 농담하지만, 리의 이야기야말로 제국을 낱낱이 분석한다. 리는 버로스의 용어로 냉전 갈등의 양측을 똑같이 일갈한다. "통제. 초자아, 즉 통제 기관은 광폭해졌고 치료가 불가능해." 리의 논평은 앨러턴을 필사적으로 통제하려는 환상이 점점 심해지면서 비롯된, 아주 호된 자아 비판이지만, 그것에는 냉전 시대 미국에서 가장 병적이며 비참한 내부의 적인 동성애자가 워싱턴이라는 최고 권력의 정신을 진단하고 있어야 한다는 정치적 시선이 담겨 있다. 그리고 버로스의 '퀴어'는 그저 깐깐한 게이에 그치지 않는다. 말 그대로 총(콜트 프런티어)을 지닌, 그 총을 쓰고 싶어서 안달하는 게이다. "나한테 조금이라도 격하게 반대하는 도덕적인 개자식이 있으면, 그놈 시체를 강에서 건지게 될걸."

　리는 코리의 인간적이고 평등주의적인 자유주의를 철저히 부정하는 잔인한 제국주의를 상상한다. 여러 곳에서 언급된 나폴레옹, 고대 로마, 아프리카의 독일 식민주의, 아라비아의 영국 식민주의를 주목하자. 또한 "바르셀로나에서 빨갱이들이랑, 폴란드에서 게슈타포랑 일하면서 탁월한 실력을 발휘"한 고문 전문가, 대륙의 반식민주의 영웅 시몬 볼리바르를 "해방하는 바보"라고 일컫는 경멸조의 조롱. 그리고 빼놓을 수 없는, "잘난 미국 달러"라는 리의 상스러운 힘. 리는 논의를 뒤집어 놓는다. 그리고 미국 권력을 최고로 악마화함으로써 냉전 시대 미국에서 퀴어의 악마화된 위치를 반전하려 한다. 인종으로 타인의 인간성을 말살하는 것("퀴어가 되는 것처럼 오염시킨다." 리가 멕시코 청년들과 나누는 섹스를 두고 던지는 농담은 남부 보수주의자처럼 들린다.)부터 가난한 사람들을 훼손시키며 우스갯소리를 하는 것("교육받은 소수"의 한 사람으로 귀족 계급 정체성을 연기하기), 유대인을 존중하는 듯이 매도하며("유대 여자들, 아니, 유대인 혐오자로 보이지 않게 조심해야 하니까, 유대인 여성분들이 로마인 창자를 들고 스트립쇼를 했어.") 여성적인 동성애자를 조롱하기("새된 소리를 내는 호모들")까지, 리는 희생자로서 자신의 위치를 거부하는 동시에 추악한 미국인이 얼마나 추악할 수 있는지 까발린다.

우리가 이것을 단순히 패러디나 풍자라고 부를 수 있다면 『퀴어』는 그리 불쾌하지 않을 것이다. 그러나 『퀴어』는 버로스 머릿속의 모든 목소리, 버로스 자신의 계급과 문화에서 물려받은 악마들을 쫓는, 삭이기보다 표출하는 퇴마 행위에 가까워 보인다. 『퀴어』에서 리가 던지는 역겨운 농담 속 끔찍한 인종 차별과 제국주의가 더욱 기이한 이유는 『정키』와 대조를 이루기 때문이다. 『정키』에서 리는 전혀 이렇게 행동하지 않는다. 1953년에 에이스 북스 소설은 대부분의 독자에게 통속적인 '진짜 고백'으로 받아들여졌을지 모른다. 『퀴어』가 그 시기에 출간됐다면 역겨워하지 않을 독자층을 상상하기 어렵다. 『정키』보다 성적으로 노골적이지 않으므로 동성애 주제 때문은 아니다. 건강과 질병, 서양과 동양, 자유세계와 파시즘 같은 근본적인 대조를 지독히 엉망으로 만들기 때문이다. 『퀴어』는 1950년 하원 보고의 동성애 혐오 논리를 확인했다. 이런 퀴어 소설 한 권이 미국 의회 도서관(물론 지금은 이 도서관 소장 도서에 『퀴어』가 포함되어 있다.)을 오염시킬 수 있다. 그리고 버로스가 코리의 동성애 옹호 저서에 보낸 "창자를 뒤틀기에 충분하다."는 곡해와 똑같은 곡해를 얻었다. 버로스 자신처럼 『퀴어』가 게이 문학사와 '퀴어 연구'에서 주변부에 계속 남아 있다는 건 놀랄 일도 아니다.

리가 바깥으로 내보내는 히스테릭한 공격성은 확실히, 동성애를 여성화와 곧장 결부하는 그 시대에 대한 보상이며, 루이스 마커를 찾는 버로스 자신의 수치스러운 좌절에 대한 보상이기도 하다. 그러나 연인을 조종하려는 리의 환상은 한편으로 자기 욕망의 힘에 대한 버로스의 두려움을 무심코 드러낸다. 코리의 개념으로는 '전도된' 투쟁으로, "피할 수 없는 욕망의 미스터리에 해결책을 찾으려는" 것이다. 마찬가지로, 소년을 중고차처럼 거래하는 노예 상인 이야기로 더없이 상스럽게 재현되는, 타인을 노예로 삼는다는 리의 환상은, 리 스스로가 자신을 성욕의 노예로 느끼고 있음을 누설한다. 그러나 확실히 이 소설은 오늘날 우리에게 유용하다. 리가 시대에 수반된 동성애 혐오의 피해자기보다 사랑의 수인이기 때문이다. 달리 말하면, 반드시 퀴어가 아니더라도, 1950년대를 살아오지 않았더라도, 『퀴어』를 인간 (혹은 적어도 남성) 욕망의 대단히 어둡고 흥미로운 해부로 이해할 수 있다. 역설적이게도, 『퀴어』가 감정적인 힘뿐 아니라 신랄한 정치적 힘을 갖춘 이유는, 버로스가 그것을 쓴 계기가 욕망에서 비롯되었기 때문이다. 그는 한 명의 독자를 위해서, 단 한 사람의 사적인 독자에게 썼다고, 1952년 10월에 직설적으로 말했다. "나는 마커를 위해서 『퀴어』를 썼다." 간단히 말해, 『퀴어』의 퀴어함은 픽션 뒤의 사실에 있지 않고, 집필 결과 뒤의 집필 행위에 있다.

"어떤 습관은 사라질 때 내장도 함께 가져가"

두 번째 소설을 시작할 때 버로스는 그 중심 소재가 자신과 루이스 마커의 관계임을 알고 있었다. 『퀴어』가 증언하듯, 그 관계는 처참히 실패했다. 그러나 버로스는 회상으로 소설을 시작하지 않았다. 회상과는 아주 거리가 멀다. 버로스는 1951년 11월에 긴스버그에게 말했다. "에콰도르에 동행한 청년이 여전히 가까이에 있어. 어쩌면 에콰도르에 또 같이 갈지도 몰라. 나는 이 청년을 가까운 지인 이상으로 좋아해." 마커는 1952년 1월에 고향인 플로리다주 잭슨빌로 돌아갔지만, 버로스는 그해 3월에도 여전히 긴스버그에게 『퀴어』를 'A. L. M. (Adelbert Lewis Marker)'에게 바친다고 말하고, 마커와 함께 에콰도르에 갈 계획이라고 되풀이했다. 버로스의 두 번째 소설은 그저 과거의 관계에 '대해' 쓰는 것이 아니었다. 버로스에게는 이 글이 지금 현재, 가능성이 가득해 보이는 관계의 일부였다. 바로 이런 의미에서 버로스는 이 소설을 어떻게 끝맺을지 결정하지 못했다. "어쩌면 결말은 아직 일어나지 않았겠지." 그러나 케루악이 멕시코에 도착한 5월 초순 전에 상황은 극적으로 변했다. 버로스는 4월 22일에 긴스버그에게 보고했다. "마커한테서 편지가 왔는데 같이 S. A.에 안 간대. 나는 몹시 실망하고 상처받았어. 마커 마음을 바꾸려고 해 보겠지만, 모르겠어." 버로스는 편지로 마커의 마음을 바꾸려 했다. 답장이 없어도 매주 편지를 썼다. 버로스가 6월 초에 긴스버그에게 밝혔다. "대여섯 통을 썼어. 내가 할 수 있는 최선의 상태로 환상과 장광설을 적었어. 그런데 답장은 없어."

　이 '환상과 장광설'이 『퀴어』에서 리가 앨러턴에게 들려준 그것일까? 버로스가 마커에게 보낸 편지가 전혀 남아 있지 않으니 확신은 불가능하다. 그렇지만 『퀴어』의 집필이 꽤 많이 진척된 뒤에야 버로스는 자신이 마커에게서 버림받았다는 소식을 들었고, 노예 상인 이야기는 그 4월 셋째 주 동안 쓴 게 거의 확실하므로, 또 성욕의 연장선에 있는 환상으로서 버로스가 자신이 욕망하는, 필사적으로 감명을 주고 싶은, 바로 그 사람에게 그 환상을 보내지 않았으리라고 상상하기 힘들다. 아니, 반대로 말하면 『퀴어』에서 리가 이야기하는 장광설은 마커를 위해 편지로 공연되었던 것이다. 4월과 5월, 6월 내내 마커에게서 답장을 받지 못한 것은 『퀴어』의 서술이 점점 더 단편적인 에피소드로 변하고, 리의 장황설이 점점 더 강압적이 되는 데 확실히 기여했다. 5월 끝자락에 긴스버그는 버로스를 꾸짖으며, 멜빌의 에이허브 선장처럼 행동한다고, 흰고래를 광적으로 뒤쫓고 '흑마법'을 사용하려 한다고 말했다. 버로스는 부인하려고 하지도 않았다. "당연히 나는 흑마법을 시도하고 있어. 애정을 차지할 방법이 아무것도 없을 때 의지할 곳은 언제나 흑마법이지. 흑마법으로 애정을 강제하려고 시도해야지."

버로스는 편지에만 의지해서 마커를 되찾으려 했다. 그러므로 마커가 이별을 선언했다는 충격적인 소식을 보고한 편지(1952년 4월 22일)는 버로스의 글쓰기에서 급격한 출발 신호가 되었다. 아주 갑작스레, 크게 과장된, 코믹하고 그로테스크한 장황설이 처음으로 시작된다. 이것이 이제 버로스가 긴스버그에게 편지를 잘 보관하라고 부탁한 이유임이 분명하다. 단순히 작가의 편지가 아니라 자신의 글쓰기에서 중대한 부분이기 때문이다. 편지를 통해 버로스의 환상에 장광설이 목소리를 불어넣었다. 그리고 1955년에 그 형식을 잘 살폈을 때, "청중은 장광설에 필요불가결한 요소"이기 때문에 버로스는 '서간체'라는 용어로 그것을 정의했다. 독자를 사로잡기 위해 점점 더 괴이한 일화를 지어내며, 보답받지 못하는 욕망의 절박함은 심리적 차원과 정치적 차원 모두에서 통제하려는 충동을 드러낸다. 이로써 다시 『퀴어』가 『네이키드 런치』의 비밀 원천임이 증명된다. 『네이키드 런치』의 장광설은 마찬가지로 버로스가 연인을 향한 욕망과 의존심에서 쓴 편지이다. 그 연인은 앨런 긴스버그이다. 많은 작가들이 그랬듯이 집필 중인 작품 일부를 친구에게 보냈다는 뜻은 전혀 아니다. 버로스는 욕망으로 가득한 편지를 썼고, 그 편지들이 거장의 양식과 특유의 형식을 만들었다. '편지'라는 수행력이 높은 매체에 의지해서 글쓰기가 실행됐다. 그리고 거기 맞춰서 독특한 소재가 나타났다. 편지글이라는 원천을 공유하기 때문에 『퀴어』에 등장한 특정 인물들이 『네이키드 런치』에 재등장한다. '위대한 쇼맨' 테트라치니, 석유업자 장광설에 나오는 '마른 구멍' 더튼, 방트르 백작의 히스파노스위자에서 '쉭 하는 끔찍한 소리'를 내며 빠져나가는 내장 등이다. '프로이트의 실수(slip)'가 끔찍하게 확장된 '쉭(slup)' 소리가 되어 계속 등장함으로써, 그 소리 자체가 하나의 장광설이 된다. 『퀴어』는 『네이키드 런치』의 끔찍한 축제에 비해 순해 보일지도 모른다. 그러나 폭력과 이미지는 상대에게 곧장 전달된다. 버로스는 1952년 6월, 『퀴어』의 마지막 부분을 집필하는 동안 마커에게 보낸 편지에 이렇게 썼다. "창자가 풀리고 뒤집어져./'나는 배고파.'/어떤 습관은 사라질 때 내장도 함께 가져가/버섯 총알처럼."

  마지막 이미지는 조앤 볼머가 살해된 총격 사건을 머릿속에 호출한다. 『퀴어』의 집필에서 그 죽음의 영향을 배제하기는 불가능하다. 리의 과장된 이야기와 쥐 대가리를 총으로 쏘는 것("조금이라도 더 가까이에서 쐈으면 쥐 파편에 총구멍이 막혔을걸.")을 비롯한 어처구니없이 남자다운 척하는 연기는, 행동은 없고 입만 살아 있는 남자를 굴욕적으로 묘사한다. 조앤이 남편의 사격술을 대놓고 놀리며 선동했다는 소문을 생각하면, 1951년 9월의 그 운명적인 밤의 상황을 그릴 수 있다. 버로스 자화상에서 자기 혐오는 욕망의 마조히즘뿐 아니라 죽음의 기억에도 씐 상태이다. 케루악은 1952년 5월에 기술했다. "조앤을 몹시 그리워하는 마음은 버로스 안에 미친 듯이 진동하며 살아 있다." 그러나 포인트는 또 남아 있다. 『퀴어』에서 리의 장광설의 특정한 내용과 기능은 조앤의 총격 사건만큼이나 약물 중단의 영향도 고려해야 한다. 그리고 왜 『퀴어』를 썼는가에 대한 버로스 자신의 불완전한 답을 우리가 보완해야 한다. 1952년 3월에 시작한 집필과 1985년 11월 출간 사이에 무슨 일이 있었는지 살피며 이 원고의 역사를 하나로 맞춰야 한다.

"나는 비밀을 발견하지 못했다"

『퀴어』 집필을 개략적으로 보면 단순하다. 3월 중순에 새 소설을 시작해서 4월 26일, 버로스는 25쪽짜리 원고를 타자했고, 손으로 쓴 원고가 70쪽 더 있었다. 그리고 5월 14일에 타자한 59쪽짜리 원고를 긴스버그에게 우편으로 보냈다. "약한 부분들"이 있다는 걸 알고 곧장 조금 수정한 뒤, 일주일 후에 "이전에 보낸 원고를 대신할, 다시 타자한 60쪽짜리 완벽한 수정고"를 보낸다고 약속했다. 그리고 6월 초에 잠시 작업이 뜸한 뒤, 15일에 약속대로 원고를 보냈다. 그다음 버로스는 "『퀴어』의 S. A. 부분"을 시작하고, 7월 첫째 주까지 타자한 25쪽짜리 원고를 완성했다. 그렇지만 상황은 버로스에게도, 그 원고에게도 그리 간단하지 않았다.

우선 이 시기 거의 대부분, 케루악은 버로스와 함께 지내며 아파트에서 대마초를 피우고, 생활비는 모두 버로스에게 부담시켜서 버로스의 집중을 방해했다. 한편 버로스는 헤로인에 다시 중독됐고, 레쿰베리 교도소에 월요일 오전 8시마다 보고해야 했으며, 조앤의 죽음을 둘러싼 지루하게 계속되는 법적 절차의 진행을 기다려야 했다. 4월 하순부터는 마커에게 버림받아서 제정신이 아니었다. 새 소설에 대해 말하자면, 버로스는 에이스 북스의 A. A. 윈의 요구를 만족시켜야 한다는 스트레스 속에서 작업하고 있었다. 『정키』 판권을 가진 윈은 거기에 두 번째 소설도 합쳐서 출간할 생각으로, 버로스에게 두 번째 원고를 달라고 압박했다. 5월 14일, 케루악이 손에 쥔 버로스 원고의 제목은 '정크 혹은 퀴어'였다. "두 가지를 다 암시하는 제목"이어야 책의 매력을 두 배로 늘릴 수 있다고 케루악이 설득했다. 그러나 버로스는 에이스 북스에서 『퀴어』를 『정키』와 묶어서 출간할지, 혹은 따로 할지, 아예 출간하지 않을지 모르는 채로 『퀴어』를 작업했다. 6월 초에 잠시 작업을 중단했을 때, 그 이유는 "윈이 무엇을 원하는지 듣기를 기다리고" 있었기 때문이다. 버로스는 윈이 『퀴어』를 삼인칭으로 완성하게 둘지조차 확신할 수 없었다. 버로스는 4월 26일에 긴스버그에게 항변했다. "도대체 왜 책 중간에 인칭을 바꾸면 안 돼? 지금껏 선례가 없었으면 우리가 하자. 어쨌든 나는 삼인칭으로 내놓겠어. 출판사에서 바꾸고 싶다면, 그러지 뭐. 그렇지

만 바꾸면 큰 손실이 따를걸." 버로스는 불평했다. "인칭 문제
는 혼란의 걸작이다." 인칭을 바꾸는 실험을 할 때 그 결과는
정말로 혼란의 걸작이었다. 원고의 한 부분을 보자. "나는 며칠
동안 십아호이를 멀리했다. 앨러턴이 '그[원문 그대로임]'에게서
틀림없이 받았을 나쁜 인상을 잊어 버릴 시간을 주려 했다."

소설의 운명은 6월 중순에 결정되었다. 긴스버그가 "윈은
『퀴어』를 크게 바라지 않아." 하고 전했다. 그래도 긴스버그는
『퀴어』가 팔릴 만하다고 믿으며, 버로스에게 계속 쓰라고 용기
를 주었다. 그리고 7월 6일, 버로스는 긴스버그에게 남아메리
카 부분을 보냈고, 그 뒤로 『퀴어』를 더 이상 작업하지 않았
다. 그러므로 원고는 그 부분에서 결론 없이 끝났다. 리가 푸
요 외곽 정글에서 코터 박사를 우연히 만나고, 신비의 약 야
헤를 찾는 데 실패하고, 앨러턴과 관계도 전혀 해결되지 않은
상태. 다른 상황이었으면 버로스는 『정키』에서 그랬듯 에이스
북스의 요구를 만족시키기 위해서라도 더 썼을 수도 있다. 그
러나 버로스가 『퀴어』를 관례적인 의미에서 미완성으로 두었
다고 말하면 실수일 것이다.

사실 이 두 번째 소설은 『정키』보다 무척 짧다. 장편 소설
이 아닌 중편이다. 이듬해에 나오는 이미 『야헤 편지들』은 더
짧아질 조짐을 보인다. 이렇게 점점 줄어드는 분량은, 버로스
가 관습적인 진행형 서술 구조를 유지하는 데 점차 어려움을
겪고 있다는 사실을 증명한다. 대부분의 소설가에게는 위기였
겠지만, 그것이 버로스를 실험 작가로 만들었다. 한편 확실히
중요한 점이 있다. 『퀴어』를 작업하며 특유의 장광설을 발전시

키는 동안, 버로스는 단편 소설을 시도했다. 세 편을 썼다. 나중에 수정해서 제목이 붙었다. 「손가락(The Finger)」, 「운전 교습(Driving Lesson)」, 「유형지의 꿈(Dream of the Penal Colony)」이다. 이 자전적 단편 소설들은 간결한 표현을 통해, 좌절과 실패로 끝나는 자멸적 욕망이라는 공통된 이야기로 『퀴어』와 연결돼 있다. 「유형지의 꿈」의 시나리오는 특히 참고가 된다. 리가 유혹하려 한 청년이 관계를 깨트리자, 그는 "비밀을 발견하지 못했"기 때문에 절망에 빠진다. 러시아 요원과 독일 첩보 기관 스파이 조직, 중동에 있는 영국 스파이, 냉전 체제의 '사상 통제'와 '자백' 약 연구 등 이 개인적 드라마의 연장선이 『퀴어』에 많이 언급된다. 야혜를 헛되이 찾는 리를 강조하는 소설의 마지막, 닥터 코터가 등장하는 장면도 같은 맥락이다. 코터는 "브루호 비밀에 접근했다. 리는 그런 접근권이 없었다." 달리 말하자면, 그 장면이 보이는 만큼, 비약적이고 변덕스러운 결말은 아닐 수도 있다. 갑작스러운 끝맺음은 『정키』 서문과 연결시킬 수도 있다. "다른 사람에게서 받을 수 있는 열쇠는, 비밀은 없다." 문맥상으로 이것은 '중독 상태'의 가혹한 교훈인 것처럼 암시된다. 하지만 그것은 리가 품은 퀴어적 욕망의 감정을 압축적으로 보여 주는 문장이다.

버로스는 『정키』 서문을 8월에 썼다. 1952년 7월 6일(긴스버그에게 『퀴어』의 마지막 25쪽을 보낸 바로 그날)에, 그 서문과 마침내 버로스에게 출판 계약서를 보낸 A. A. 윈이 요구한 추가 40쪽, 두 가지를 동시에 작업하기 시작했다. 6월 중순, 긴스버그는 추가 원고를 자신이 정리하겠다고 제안했다. ("멕시코를 대신할 걸, 퀴어함을 덜 두드러지게 만들 걸 원한대. (……) 『퀴어』에서 중독 부분과 편지들을 써서 짜깁기할게.") 그러나 버로스는 직접 했다. 그리고 8월 15일 마감에 맞춰서 우편으로 보낸 38쪽짜리 원고의 가운데 부분인 20쪽은 『퀴어』의 앞부분에서 빼내서 가볍게 수정하고 삼인칭에서 일인칭으로 바꾼 것으로, 1장에서 맨 앞의 2쪽 반과 마지막 10쪽, 2장에서 마지막 2쪽 반이었다. 3장에서 2쪽을 삭제했고, 나중 글에서 두 대목(하나는 페이오티에 관한 대목, 다른 하나는 야혜에 관한 대목)도 삭제했다. 전부 다 해서, 버로스는 6000단어 이상을, 5월 14일 원고량으로는 3분의 1이 넘고, 전체로는 5분의 1쯤 되는 양을 삭제함으로써 에이스 북스의 요구에 따라 『정키』의 길이를 맞췄다. 간단히 말해, 두 번째 소설 집필을 끝마치자마자 출판사의 요구에 따라 두 번째 소설에서 원고를 뽑아서 첫 번째 소설에 붙였다. 사실상 두 번째 소설을 포기한 셈이다. 그 1952년 여름에 버로스가 잘라 낸 부분은 1985년에 출간된 책에 지대한 영향을 미쳤을 것이다. 그런데 삼십 년 동안 출간이 멈춰 있었던 이유는 무엇일까?

1953년 8월 말, 버로스는 뉴욕에 도착했다. 일곱 달 동안 남미 정글에서 야혜를 탐색하고 멕시코시티에서 몇 주 머물다가 뉴욕에 온 것이다. 로어이스트사이드 아파트에 있는 긴스버그의 아파트에서 버로스와 긴스버그는 『퀴어』와 『야혜 편지들』 원고를 함께 작업했다. 이 두 원고 모두 앨런 리(케루악의 소설 『지하 생물』에 등장하는 마두 폭스의 실제 인물이다.)가 "깃털처럼 가벼운 양파 껍질 종이"라고 말한 종이에 깔끔하게 타자했고, 11월에 타이핑 작업이 끝났다. 이상하게도, 그해 여름 에이스 북스에서 『정키: 회복되지 않은 마약 중독자의 고백』(윌리엄 리라는 필명으로 출간했다.)이 출간되었음에도, 버로스는 여전히 『퀴어』를 성공할 작품으로 보았던 것 같다. 이후 사 년 동안 긴스버그는 원고의 사본들을 돌렸다. 원고는 『네이키드 런치』라는 제목의 삼부작 중간 부분으로 알려져, 케네스 렉스로스와 말콤 카울리 같은 사람들에게 보내졌다. 1958년 초, 올림피아 프레스사에서 『퀴어』와 『야헤 편지들』에 관심을 보였지만, 결과는 나지 않았다. 이후 올림피아 프레스에서는 우리가 지금 알고 있는 『네이키드 런치』를 출간한다. 『네이키드 런치』가 등장할 즈음 버로스의 입장이 확실히 달라졌다. "『야헤 편지들』은 절대로. 그렇지만 『퀴어』는 정말로 지금 출간하고 싶지 않아. 『퀴어』는 내가 지금 하고 있는 일에 전형적이지 않아. 화가가 미술 학교 학창 시절에 그린 형편없는 스케치 같다는 점을 빼고는 아무 흥미도 없어. 그래서 나는 반대야." 이후 이십오 년 동안, 인터뷰에서 『퀴어』를 묻는 질문을 받을 때마다 버로스는 "아마추어 같은 책"이라는 비판만 반복했다. 1984년 2월까지도 버로스는 『퀴어』를 출간된 책으로 볼 마음이 전혀 없다고 고집했다. "고등학생 때 것을 파내는 셈이다." 그렇다면 어떤 계기로 버로스의 마음이 바뀌었을까?

버로스는 1974년에 리히텐슈타인에서 온 금융가 로베르토 알트만에게 방대한 원고 컬렉션인 일명 '바두즈 아카이브'를 팔았다. 현금이 절박했기 때문이었다. 이 바두즈 아카이브를 1984년에 미국 수집가 로버트 잭슨이 구입해서 원고들은 미국으로 돌아왔다. (2006년 이후에는 뉴욕 공공 도서관의 버그 컬렉션에 보관되어 있다.) 베리 마일스가 준비한 카탈로그 원본에서도 확인되는데, 자료에는 긴 세월 속에 유일하게 살아남은 듯한 거의 완전한 『퀴어』 원고도 있었다. 다시 말하면, 이때까지는 버로스가 『퀴어』를 출간하고 싶어도 준비된 원고가 아예 없었다. 한편 1984년 여름, 버로스는 자신의 오랜 출판사 대표 리처드 시버와, 에이전트 피터 매슨과 결별했다. 그리고 에이전트인 앤드루 와일리는 바이킹 펭귄사와 버로스의 책 일곱 권에 20만 달러 계약을 중개하는 데 성공했다. 욕망에서 기인하고 편지에 바탕을 둔 장광설로 직선적인 이야기 너머, 『네이키드 런치』로 향하는 길을 제시한 『퀴어』의 집필이 1950년대 버로스에게 전환점이었다면, 삼십 년 뒤, 버로스의 생활에 안정을 주고 이후 경력을 형성하는 데 영향을 미친 계약을 고정시킨 『퀴어』의 출간 또한 버로스에게 전환점이 되었다. 전기 작가 테드 모건이 기술하듯 "최고가 계약으로는 미출간 초기작 『퀴어』를 꼽을 수 있다." 리처드 시버는 앤드루 와일리에게 이렇게 말했다고 전해진다. "나는 이십오 년 동안 윌리엄과 일해서 잘 알고 있다. 윌리엄은 『퀴어』 출간을 바라지 않는다." 그러나 와일리는 시버가 실패한 지점에서 성공을 거두었다. 그리고 1984년 11월 23일 《뉴욕 타임스》에서 출간 계약을 보도하며 『퀴어』 출간은 크게 부각되었다. 공교롭게 바로 그날, 나는 캔자스주 로런스에서 버로스를 인터뷰하고 있었다. 이 전설적인 작가를 처음 방문하게 되어 긴장했고, 『퀴어』에 대해 질문했다. 그리고 버로스는 늘 내놓던 대답을 들려주었다. 『퀴어』는 "실수였고, 페트로니우스까지 거슬러 가는, 가장 오래된 소설 양식이다." 그러나 당시엔 "사람들이 손대지 않을 책이고 (……) 그 책을 출간하면 안 된다고 들었다. (……) 그랬다가는 감방에 들어간다고." 대화는 넘어갔다. 돌아보면, 나는 이 소설의 긴 배경 이야기를, 그 원고에 가해질 수 있는 수정을 너무 몰랐던 게 분명하다. 그리고 당연히 나는 "이것에 대해 쓰는 것은 물론이고 읽기도 어려울 정도로 고통스러운" 고통의 감각이 전혀 없었다. 버로스가 서문을 시작할 때, 오랜 동료이자 비서인 제임스 그로어홀츠와 함께 오랫동안 잊었던 두 번째 소설을 작업하기 준비할 때 맞닥뜨릴, 고통의 감각,

당혹스러운 미지의 인물

분명한 온갖 차이점에도 불구하고, 『퀴어』 출간에서 버로스의 1952년 상황과 1985년 상황은 별난 대칭을 이룬다. 예전에 버로스는 긴스버그를 아마추어 에이전트로 삼고 무명 작가로서 통속 소설 출판사에 휘둘렸다면, 이제는 뉴욕 최고 에이전시와 출판사를 상대하면서도 여전히 자신의 소설이 단연코 상업적 요소들에 의해 만들어져야 함을 확인했다. 삼십 년 전 원고 수정 역사의 결과를 어떻게 적용하는가가 결정 사항에서 가장 중요했다. 이야기를 『정키』에 너무 많이 넘겨서 그와 비슷한 양의 새 재료가 있어야 만족할 만한 분량으로 책을 만들 수 있었다. 그래서 한쪽 끝에는 버로스가 쓴 긴 서문이, 다

른 쪽 끝에는 에필로그로 「멕시코시티로 돌아오다」가 붙어서
글을 둘러싸게 되었다.

버로스의 서문은, 그것만 두고도 폭넓게 분석하기에 충분
할 만큼 흥미롭지만, 두 가지가 두드러진다. 첫째, 마지막 관
문을 통과하지 못한 초고가 있다. 앨러턴과 덴턴 웰치, 그리고
두 사람의 관계에 대한 것도 포함돼 있다. 이 영국 기자는 "앨
러턴과 거의 판박이"로 보인다. 그리고 각기 "유령 독자와 협업
자"로 묘사된다. 한 사람은 『퀴어』 집필에, 다른 한 사람은 삼
십 년 뒤 『막다른 길의 장소』에 영감을 주었다고 일컬어진다.
D. H. 로런스의 『날개 달린 뱀』(1926)에 대한 흥미로운 암시
도 있다. 버로스 스스로도 놀랄 정도로, 멕시코에 대한 "이 뛰
어나게 환상적인" 설명은 『정키』와 『퀴어』를 쓸 당시 버로스에
게 아무런 인상을 남기지 못했다. 둘째, 멕시코시티 생활을 묘
사한, 출판된 서문 도입부의 절반 가까이는 버로스의 편지들
(1949년 9월과 10월 사이에 쓴 세 통, 1950년 1월과 5월 사이에 쓴
세 통, 1951년 5월에 쓴 한 통)에서 그대로 가져왔으며, 그래서 별
나게 튀는 부분들(버로스가 쓴 "독신 남자가 하루에 2달러면 거기
서 잘살 수 있다."라는 문장은 케루악에게 쓴 편지이다.)도 설명되
고, 이 서문이 회고적 해설보다 『퀴어』의 부분으로 읽히는 이
유도 이해된다. 이 마지막 요점이 가장 중요하다. 사실 이 도
입 부분의 초고는 소설의 새로운 첫 장으로 들어갈 계획으로
쓰인 것으로 밝혀졌기 때문이다. 이것은 『퀴어』를 재건하려는
시도들 중 하나일 뿐이었다. 이야기의 틈을 메우려고 스케치
된 세 장이 더 있고, 버로스의 편지들(1952년)에서 발췌해서

조립한 원고도 있었다. 또 전체를 일인칭으로 바꾼 원고도 있었다. 제임스 그라홀즈가 이런 편집 실험들을 관철하지 않은 것은 확실히 옳은 일이었지만, 이 실험들은 그라홀즈와 버로스가 작업해야 했던 원고에 내포된 문제들, 즉 인칭의 변화, 편지 이용, 『정키』에 내준 부분 등으로 복잡해진 원고의 역사를 정확히 반영했다. 결국 1985년 판에는 삽입된 편지 발췌, 연결 부분들, 짧게 확장시킨 부분들, 필요한 재구성 등이 포함됐다. 그러나 주요한 것은 결론으로 덧붙여진 「멕시코시티로 돌아오다」였다. 역설적이지만 탁월한 선택이었다.

삼인칭에서 일인칭으로의 느닷없는 변동에도 불구하고, 에필로그는 『퀴어』의 본문과 자연스러운 연속성을 보인다. 사실상 이 글은 『야헤 편지들』에 포함시킬 의도였다가 쓰이지 않은 원고에서 나왔으며, 실제로 버로스가 뉴욕으로 가는 길에 멕시코시티에 들른 1953년 7월에 쓰였다. 1951년 늦여름에 일어난 사건들에 기초한, 앨러턴과 함께 여행한 뒤 멕시코로 돌아온 리를 묘사한 듯 보이는 부분은 사실, 만 이 년 후에 돌아온 버로스를 묘사한 것이다. 이를 통해 여러 변칙들이 설명된다. 가령 리가 멕시코시티 공항에서 내는 짜증도 있다. 이것은 조앤 총격 사건 뒤 멕시코에서 버로스가 겪은 법적 지위 문제 때문이다. 「멕시코시티로 돌아가다」는 「야헤를 찾아서」보다는 『퀴어』 쪽에 속한다. 멕시코를 배경으로 한 버로스의 이야기와 앨러턴의 귀향에 대한 결론이기 때문만이 아니라 무엇보다 마지막 장광설 때문이다. 위협적인 수색자의 꿈은 버로스에게 아른거리는 욕망의 악몽을 압축해서 표현한다. 한편 욕망과 글쓰기, 둘 다에 사로잡힌 버로스의 상태는 버로스에게 "받아쓰기처럼" 온다는 원고의 방백으로 강조된다. 『퀴어』에서 장광설의 메아리는 전혀 우연이 아니다. 이 장광설이 F. 스콧 피츠제럴드가 쓴 「집으로 가는 짧은 여행」의 문장들에 사로잡혔던 것은 맥락이 딱 맞아떨어진다. 피츠제럴드의 이 사랑과 악령에 들린 초자연적인 이야기의 문장들은 버로스가 이미 『퀴어』에 사용한 바 있고, 이 대단원에 오싹한 서정성을 부여한다. 이 같은 기묘한 측면은 얼링 울드가 뛰어나게 각색한 오페라 「퀴어」(2000)에서도 느리게 속삭이는 레치타티보를 통해 잘 표현된다. 그러나 버로스가 비틀었던 '상사병'이라는 주제에 가장 가까운 것은 데이비드 린치 감독의 영화 「블루 벨벳」에서 딘 스톡월이 로이 오빈슨의 발라드 「인 드림스」를 립싱크로 부르는 악몽 같은 장면이다. 이 추적자는 버로스의 누아르 샌드맨이다. 그것은 꿈 차원의 괴물이자 『퀴어』의 피날레로 완벽하다. 1985년 출판본에 비교할 때 놀랄 점은 이제 하나 남았다. 그 출판본이 기초한 『퀴어』 원고는 버로스가 1952년 5월 14일에 긴스버그에게 보낸 수정되지 않은 초고이다. 이것이 확실한 사실이라는 점은, 그 길이와 거칠기 ─ 종이도 여섯 종류이며 거의 모든 페이지에 손으로 혹은 타자로 수정한 부분이 있다 ─ 뿐 아니라 그 시기의 편지들에서 정확히 언급된 바로도 알 수 있다. 이후 세월이 흐르는 동안 이 초고에서 사라진 3쪽 중 한 페이지만 ─ 사라진 '파나마' 장의 마지막 페이지로, 버그 컬렉션에서 잘못 분류돼 있는 것이 발견됐다. ─ 발견됐고, 두 차례 수정된 『퀴어』 수정고의 일부분이 발견됐다. 버로스는 긴스버그에게 초고를 "추가하고, 삭제하고, 변형하고" 거듭 살폈다고 했지만, 두 번째 수정고에서 살아남은 3쪽(1쪽은 컬럼비아 대학교에, 2쪽은 스탠퍼드 대학교에 있었다.)를 보면 아주 사소한 수정뿐이다. 마찬가지로 세 번째 수정고와 1953년에 앨런 리가 깔끔하게 타자로 친 최종 수정고의 첫 5쪽짜리 시퀀스를 보면 수정 사항은 아주 미미하다. 버로스와 긴스버그가 1953년에 큰 변화를 주었을까. 그럴 것 같지는 않지만, 확인할 수는 없다. 그래서 이 새로운 판은 대체로 1985년 판과 동일한 소스에 기초하며, 거기에 제임스 그라홀츠의 엄밀한 교정을 더했다. 가장 주요한 차이는 텍스트 자체가 아니라 그 전달 방식에 있다. 그라홀츠는 이십오 년 전에 편집이 미숙했다고, 소설을 읽기만 해도 그 배경이 들여다보이게 편집했어야 했는데 이 점이 부족했다고 느꼈고, 나는 그 기회를 이용했다. 편집은 해석의 행위이다. 이 새로운 편집본에 이루어진 변화, 또 이루어지지 않은 변화에는 『퀴어』에 대한 내 주관적 이해가 반영돼 있다. 첫째, 버로스의 원고에서 거친 면을 조금 더 되살렸다. 거친 면이 버로스의 특권이다. 문장을 매끄럽게 만드는 것은 최대한 피했다. 둘째, 에필로그를 재편집하고 제목도 고치고(이제 「멕시코시티로 돌아오다」이다), '파나마' 장(7장)을 다시 만들었을뿐더러 이전에 쓰이지 않거나 쓸 수 없었던 짧은 재료들을 추가했다. 대략 주석으로 500단어, 분문에 1000단어 이상이다. 추가한 부분은 『정키』에 쓰기 위해 『퀴어』에서 제거한 재료들을 고려해서 결정했다. 이렇게 원고를 파냈기에 『퀴어』는 더 '퀴어'가 되었다. 버로스가 『퀴어』를 『정키』의 속편으로 썼을 때 그 둘을 연결하는 부분이 있었고, 그런 부분을 모두 『정키』에 내주었기 때문에 『퀴어』는 2부가 아닌 독자적인 소설이 될 수 있었다. 그래서 단 한 부분만 복구했다. 리가 치무바에 방문하는 부분. 이것은 버로스의 두 번째 소설에 더 잘 어울린다. 세 작품 모두를 재편집하는 나의 목적은 그 역사를 명확하게 밝히고 마땅히 받아야 할 학문적 관심을 받게 하는 것이다. 과거를 지우거나, 내가 모두 바로잡았다고 주장하려는 게 아니다. 이런 측면에서 『퀴어』의 원래 시작부인 2쪽 반을 복원하는 유혹에 저항하기가 무엇보다 힘들었다. 저항하는 것이었다. "4월 어느 아침, 리는 조금 아픈 채 일어났다." 이것은 『정키』에서는 이상한 구절이며, 『퀴어』의 이해에 중요한 구절이다. 리의 행동이 금단 증상의 생리적 심리적 결과라고 설명할 수 있기 때문이다. 그리고 이 이유에도 불구하고가 아니라, 이 이유 때문에, 그 구절은 배제했다. 이 작품의 모든 걸 설명하면, 애초에 아주 신비롭고 읽는 이를 불안하게 만드는 『퀴어』를 그 이름에 걸맞지 않게 할 뿐일 테니까. 1952년에 버로스는 도널드 웹스터 코리의 책을 매도했다. 그러나 버로스도 코리와 같은 의문을 품었으리라. "'퀴어'라는 단어의 기원과 중요성을 찾을 수 있을까? 미지의 것의 특징은 이해할 수 없는 데에 있지 않을까?"

올리버 해리스
2009년 11월

작가 연보

1914년   2월 5일 판유리 제조 회사를 소유한 모티머 P. 버로스와
         남부 출신의 명망가 출신인 로라 리 버로스 사이에서 윌
         리엄 수어드 버로스가 태어났다.

1929년   미국 경제 대공황이 시작되기 직전, 버로스 가문은 소유
         한 주식을 팔고 안정적으로 대공황 시기를 보낸다. 하지
         만 아들인 윌리엄에게까지 평생 부가 유전되지는 못했다.

1932년   버로스는 세인트루이스와 로스앨러모스의 사립 학교에
         서 교육을 받았으나, 학교 생활은 순탄치 않았다. 그는
         1932년 하버드 대학교에 합격했고, 대학교에서의 생활도
         그리 만족스럽지 않았지만 독서를 통해 제임스 조이스,
         조지프 콘래드, 장 주네, 프란츠 카프카, 그레이엄 그린
         등 작가들의 작품을 탐독하며 세월을 보냈다.

1936년   하버드 대학교를 졸업한 후 유럽으로 여행을 떠나 두브
         로니크에서 일제 클라퍼라는 유대인 여성을 만난다. 버
         로스는 나치를 피해 다니던 그녀를 미국에 보내기 위해
         그녀와 결혼했으나 함께 살지는 않았고, 클라퍼가 미국
         에 도착하자 헤어졌다.

1941년   2차 세계 대전이 발발하기 직전, 버로스는 하버드로 돌
         아와 대학원에서 인류학과 민족학 강의를 듣기 시작한
         다. 전쟁이 시작되자 육군에 징집되었으나 어머니가 손
         을 쓴 덕분에 질병을 이유로 석 달 만에 제대했다.

1944년   뉴욕 그리니치빌리지에 와서 아파트를 얻고, 앨런 긴스
         버그, 잭 케루악 등과 교류하며 마약인 헤로인을 탐닉
         하기 시작한다. 이들의 만남은 이후 비트 세대라 불리게
         될 문화적 활동의 시초가 된다.

1945년   잭 케루악과 함께 살던 아파트에서 아이가 있는 유부녀
         인 조앤 볼머라는 여성과 함께 살게 된다. 버로스와 케
         루악은 루시엔 카의 살인 사건과 관련된 법적 절차에 휘
         말린다. 이 사건에 영감을 받아 버로스와 케류악은 『그
         리고 하마들은 탱크에서 삶겼다(And the Hippos Were
         Boiled in Their Tanks)』를 집필한다. 이 시기에 버로스는
         모르핀에도 중독되고, 동거하던 볼머도 중독자가 된다.
         볼머는 이 때문에 남편과 이혼하고 버로스와 결혼한다.

1951년   부부가 된 버로스와 볼머는 법적 문제를 피해 멕시코시
         티로 이주한다. 그러나 9월에 벌어진 술자리에서 심하게
         취한 버로스는 장난을 치다가 사고로 부인인 볼머의 머

리를 쏘아 사망하게 만든다. 멕시코 당국은 이를 사고로 판결하고, 버로스는 짧은 기간 감옥에서 복역한다. 그의 마약 탐닉은 이후로도 계속되었고, 그는 마흔다섯 살이 되어서야 중독에서 벗어나는 데 성공한다.

1953년　버로스의 첫 작품 『정키(Junkie)』가 '윌리엄 리'라는 가명으로 에이스 출판사에서 출간된다. 이후 마약 중독자로서의 면모는 그의 문학 세계에서 중요한 요소가 된다. 그는 에콰도르로 여행을 떠나서 '야혜'라고 불리는 환각제를 찾아 헤맨다. 이때의 여행이 두 번째 소설 『퀴어(Queer)』에 묘사되고 다뤄진다.

1954년　11월에 탕헤르로 떠나서 이후 사 년 동안 그곳에서 소설 집필에 매달린다. 이 시기에 쓴 작품이 그의 대표작인 『네이키드 런치(Naked Lunch)』이다.

1958년　『네이키드 런치』에서 일부 발췌한 원고가 1958년 미국에서 잡지에 발표된다. 이 작품은 여러 출판사에서 노골적인 성 묘사와 반사회적 인물들의 등장으로 인해 거절당했으나, 친구인 긴스버그가 열심히 홍보에 나선 끝에 시카고 대학교 잡지인 《시카고 리뷰》에 실리게 된다. 그러나 작품이 지닌 외설적 요소 때문에 잡지의 학생 편집자였던 어빙 로즌솔마저 기자직을 박탈당했다. 로즌솔은 개인적으로 발행한 잡지 《빅 테이블》 1호에 버로스의 원고를 실었으나, 미국 우편 당국에서 배포를 금지했고, 이 같은 논란으로 인해 『네이키드 런치』는 출판인들의 관심을 끌어 1959년에 소설로 출간되었다.

1960년 버로스는 파리로 떠나 닥터 덴틀라는 유명 영국인 의사
에게 아포모르핀 처방을 통해 알코올과 헤로인 중독을
치료하려 하지만, 큰 효과를 거두지는 못한다.

1968년 버로스는 장 주네와 존 잭, 테리 서던 등과 《에스콰이어》
의 대담을 통해 만나고, 서던과 평생 지속될 우정을 맺
는다.

1969년 버로스는 두 권의 원고를 완성한다. 시나리오 형식의
소설인 『더치 슐츠의 마지막 말들(The Last Words of
Dutch Schultz)』과 산문 형식 소설인 『와일드 보이즈(The
Wild Boys)』였다. 후자는 1971년에 출간되었다.

1974년 앨런 긴스버그의 소개로 뉴욕 시립대학교에서 문예 창
작 강의를 시작한다. 이 시기에 이르러서야 그의 마약 중
독이 치료되기 시작한다.

1981년 런던에서 삼부작이 될 소설들인 『붉은빛의 도시들(Cities
of the Red Night』, 『막다른 길들이 있는 곳(The Place of
Dead Roads)』, 『서부의 땅들(The Western Lands)』의 집
필을 시작한다. 볼머와의 사이에서 태어난 아들 윌리엄
이 사망한다. 비통함에 잠긴 버로스는 그의 매니저인 제
임스 그루어홀츠의 보살핌 덕분에 이 시기를 극복한다.

1985년 볼머의 죽음으로 인한 가책과 두려움 때문에 집필했으
나 출간하지 않았던 두 번째 소설 『퀴어』가 출간된다.

1991년 심장 수술을 받는다.

1997년 8월 2일, 여든세 살의 나이로 캔자스시티 로런스에서
심장 마비 합병증으로 사망한다. 버로스는 세인트루

이스의 가족 묘역에 묻혔고, 묘비명에는 "미국의 작가 (American Writer)"라는 말이 새겨졌다.

세계문학전집 **468**

퀴어

1판 1쇄 찍음 2025년 5월 7일
1판 1쇄 펴냄 2025년 5월 21일

지은이 윌리엄 S. 버로스
옮긴이 조동섭
발행인 박근섭, 박상준
펴낸곳 (주)민음사

출판등록 1966. 5. 19. (제 16-490호)
서울특별시 강남구 도산대로1길 62(신사동) 강남출판문화센터 5층 (우편번호 06027)
대표전화 02-515-2000 팩시밀리 02-515-2007
www.minumsa.com

ISBN 978-89-374-6468-3 04800
ISBN 978-89-374-6000-5 (세트)

* 잘못 만들어진 책은 구입처에서 교환해 드립니다.